Ffurfiau

Cyflwyniad i Ffurfiau Llenyddol

Y Ddrama

Llên Gwerin

Y Stori Fer

Y Nofel

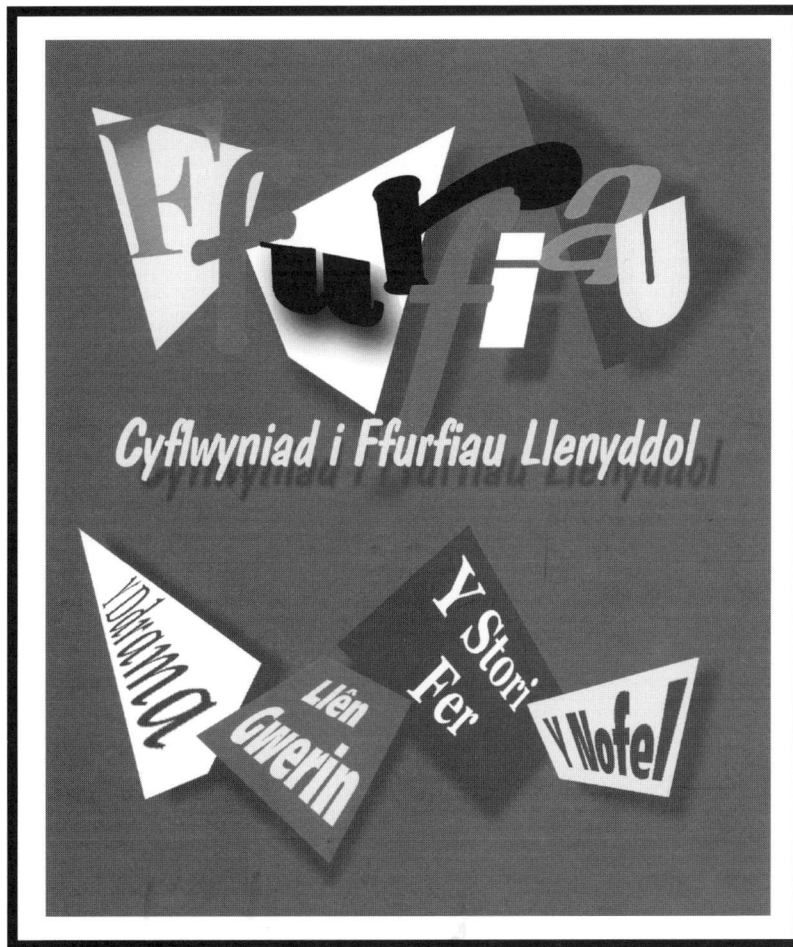

Mihangel Morgan

CYDNABYDDIAETH

Dymunir diolch i'r bobl hynny a roddodd ganiatâd inni atgynhyrchu deunyddiau yn y llyfr hwn. Gwelir rhestr o'r testunau a ddyfynnwyd ar dudalen 4. Ni fu'n bosibl olrhain perchennog hawlfraint pob dyfyniad, a gwahoddir y perchenogion hynny i gysylltu â'r Ganolfan Astudiaethau Addysg.

LLUNIAU
Llyfrgell Genedlaethol Cymru 18, 19, 33 (top a gwaelod), 41, 47, 59, 61 (top), 69, 70, 71, 91, 99 (gwaelod), 104, 107, 116 (top a gwaelod)
Enfys Beynon Jenkins 22
Elwyn Ioan 23
Board of Trustees of the National Museums and Galleries on Merseyside (Lady Lever Gallery, Port Sunlight) 25
AKG London 31, 72, 82, 83 (de), 84 (canol), 85 (top chwith a de), 86, 89
Cwmni Theatr Yr Ymylon/Christine Pritchard 40
Cyngor Celfyddydau Cymru 43, 67
Cwmni Theatr Gwynedd/Dylan Rowlands 48
Cwmni Dalier Sylw/Meic Povey 49
Christopher Davies Cyf 56
Julian Sheppard 60
National Portrait Gallery/Howard Coster 61 (gwaelod)
Keith Morris 62, 64
New Welsh Review 63, 87
Corbis UK Ltd 83 (chwith), 84 (top), 85 (gwaelod chwith a canol de), 109
Topham Picturepoint 84 (gwaelod)
Cyngor Llyfrau Cymru 98, 99 (top), 101, 110, 113, 129, 137
Gwasg Gomer 102 (top)
Gwasg Y Lolfa 102 (gwaelod), 111, 134, 135
Catrin Puw Davies 122
S4C 131 (5 llun)
Gwasg Gwynedd 136

Diolchir hefyd i Gloria Davies, Meinir Ebbsworth, Nia Mair Jones, Catrin Mathias a Gareth Williams am eu harweiniad gwerthfawr.

TÎM CYNHYRCHU
Cynllunio'r clawr a dylunio: **Enfys Beynon Jenkins**
Cysodi: **Eirlys Wyn Parry**
Ymchwil Lluniau: **Gwenda Lloyd Wallace**
Paratoi'r deunydd ar gyfer y wasg: **Meinir McDonald**
Argraffu: **Argraffwyr Cambria**

Cynnwys

Ffynonellau a Ddyfynnwyd

Diolchir i gyhoeddwyr y ffynonellau a restrir isod am gael dyfynnu o'u gweithiau. Diolchir yn arbennig hefyd i'r canlynol am ganiatâd i ddyfynnu o weithiau penodol: Mrs Mair Saunders Jones (gweithiau Saunders Lewis), Ms Ann Beynon (gweithiau Gwenlyn Parry), Yr Athro Bobi Jones (ei weithiau ei hun), Ms Mari Prichard (gwaith Caradog Prichard).

1   Robin Gwyndaf, *Storïau Gwerin Cymru*, Gwasg Carreg Gwalch
2   Arthur Tomos, *Storïau Celwydd Golau*, Gwasg Carreg Gwalch
3   Meleri Wyn James, *Stripio*, Y Lolfa
4   Bobi Jones, *Traed Prydferth*, Christopher Davies Cyf
5   *Storïau Tshechof*, Gwasg Gomer
6   Kate Roberts, *Ffair Gaeaf*, Gwasg Gee
7   Twm o'r Nant, *Tri Chryfion Byd*, (Gol. Norah Isaac), Gwasg Gomer
8   Gareth Miles, *Diwedd y Saithdegau*, Gwasg Mei
9   Saunders Lewis, *Barn*, Awst 1965, Christopher Davies Cyf
10 Saunders Lewis, *Blodeuwedd*, Christopher Davies Cyf
11 Saunders Lewis, *Cymru Fydd*, Christopher Davies Cyf
12 John Gwilym Jones, *Y Tad a'r Mab*, Gwasg y Glêr, Aberystwyth 1963
13 John Gwilym Jones, *Hanes Rhyw Gymro*, Cymdeithas y Cymric, Bangor 1964
14 John Gwilym Jones, *Ac Eto Nid Myfi*, Gwasg Gee
15 Gwenlyn Parry, *Saer Doliau*, Llyfrau'r Dryw/Christopher Davies Cyf
16 Gwenlyn Parry, *Y Tŵr*, Gwasg Gomer
17 Daniel Owen, *Rhys Lewis*, Hughes a'i Fab
18 Daniel Owen, *Enoc Huws*, Hughes a'i Fab
19 Angharad Tomos, *Si Hei Lwli*, Y Lolfa
20 Aled Lewis Evans, *Rhwng Dau Lanw Medi*, Gwasg Carreg Gwalch
21 Robin Llywelyn, *Seren Wen ar Gefndir Gwyn*, Gwasg Gomer
22 Caradog Prichard, *Un Nos Ola Leuad*, Gwasg Gee
23 Kate Roberts, *Traed Mewn Cyffion*, Gwasg Gee
24 Wil Roberts, *Bingo!*, Gwasg Dwyfor
25 Robin Llywelyn, *O'r Harbwr Gwag i'r Cefnfor Gwyn*, Gwasg Gomer
26 Elena Puw Morgan, *Y Graith*, Clwb Llyfrau Cymreig (1943)
27 Saunders Lewis, *Monica*, Gwasg Aberystwyth 1930/Gwasg Gomer
28 Angharad Tomos, *Titrwm*, Y Lolfa
29 Marcel Williams, *Diawl y Wenallt*, Y Lolfa
30 Nansi Selwood, *Brychan Dir*, Gwasg Gwynedd
31 John Gwilym Jones, *Pedair Drama*, Gwasg Gee
32 Meic Povey, *Bonansa!*, Dalier Sylw/CAA
33 John Owen, *Pam Fi, Duw, Pam Fi?*, Y Lolfa
34 Dyddgu Owen (Cyf), *Chwedlau Grimm*, D Brown a'i Feibion
35 J T Jones (Cyf), *Hamlet*, Cymdeithas Lyfrau Ceredigion
36 Eleri Llewelyn Morris, *Straeon Bob Lliw*, Christopher Davies Cyf
37 Bobi Jones, *Crio Chwerthin*, Barddas
38 Islwyn Ffowc Elis, *Marwydos*, Gwasg Gomer
39 T Hughes Jones, *Sgweier Hafila a Storïau Eraill*, Christopher Davies Cyf

Llên Gwerin

Llên Gwerin

Mae'r term hwn, llên gwerin, yn un cyffredinol a chynhwysfawr. Mewn llên gwerin ceir amrywiaeth o ffurfiau; er enghraifft, caneuon gwerin, baledi, straeon am y tylwyth teg, dramâu, diarhebion, posau, swynau, clymau tafod, chwedlau, storïau cynyddol, celwyddau golau a chwedlau dinesig. At ei gilydd, creadigaeth pobl anllythrennog yw llên gwerin ac mae'r rhan fwyaf ohoni yn tarddu o draddodiad llafar. Mae llên gwerin yn troi'n llenyddiaeth yng ngwir ystyr y gair wrth i bobl ei chasglu a'i chofnodi. Ond pan ddigwydd hynny, mae'n arwydd, fel arfer, fod y llên gwerin dan sylw yn darfod.

Traddodiad llafar

Mae pob llenyddiaeth wedi cychwyn mewn traddodiad llafar. Pan adroddir stori neu gerdd ar lafar a'i phasio ymlaen ar lafar o genhedlaeth i genhedlaeth dywedir ei bod yn cael ei thraddodi. Dyna wir ystyr traddodiad. Cedwid rhai darnau o lenyddiaeth ar gof llafar fel hyn am ganrifoedd cyn iddynt gael eu cofnodi ar ffurf ysgrifenedig mewn llyfr. Mae hyn yn wir am rai o glasuron y Gymraeg. Er bod ein cerddi hynaf, sef cerddi Taliesin a cherddi Aneirin ('Y Gododdin') a cherddi Llywarch Hen, yn dyddio o'r chweched ganrif a'r seithfed ganrif, ni chawsant eu rhoi mewn llawysgrifau tan y drydedd ganrif ar ddeg. Er bod y bardd Dafydd ap Gwilym yn byw rhwng 1315 ac 1370, ni chafodd y rhan fwyaf o'i gerddi eu nodi tan y bymthegfed ganrif. Mae'r un peth yn wir hefyd am storïau'r Mabinogi a chwedlau eraill. Mae rhannau o 'Culhwch ac Olwen' yn dyddio o'r ddegfed ganrif ond o'r bedwaredd ganrif ar ddeg mae'r llawysgrif hynaf sydd yn ei chynnwys yn dyddio. Mewn geiriau eraill roedd y cerddi a'r chwedlau hyn i gyd yn bod ar lafar am ganrifoedd cyn iddynt gael eu cadw ar ffurf ysgrifenedig, ac mae'n deg dweud eu bod yn perthyn i draddodiad llên gwerin yn wreiddiol.

Y Cyfarwydd

Mewn rhai cymdeithasau cedwid y storïau a'r cerddi ar gof gan berson arbennig. Teitl y person hwn yn Gymraeg yw 'Cyfarwydd'. Dewisid y person hwn i fod yn Gyfarwydd ar gorn ei gof da ac ar gorn ei allu i berfformio'r darnau yn dda. Perfformwyr yn anad dim oedd y Cyfarwyddiaid, difyrwyr. Dynion neu fenywod â'r gallu i gofio llawer o gerddi neu chwedlau ac i'w perfformio wrth eu hadrodd oeddynt fel eu bod yn dal eu cynulleidfa 'yn eu llaw'.

Mewn cymdeithas heb theatrau, heb radio na theledu na ffilmiau, roedd y Cyfarwydd yn berson pwysig ac anrhydeddus, ceidwad hanesion a thraddodiadau'r bobl yn ogystal â bod yn gyfrwng adloniant.

Mae pob darn o lên gwerin yn cael ei newid ychydig wrth iddo gael ei drosglwyddo i'r gwrandawyr. Mae hyn yn creu amrywiadau di-rif gyda gwahaniaethau o ran hyd y darn, y manylion mewnol a'r arddull, ac yn y perfformiad ohono. Serch hynny, bydd cnewyllyn y darn yn aros yn ddigyfnewid.

Rhai Termau Defnyddiol

Delwedd

Weithiau bydd geiriau yn consurio llun yn y meddwl; dyna ddelwedd. Pan ddefnyddir iaith i gynrychioli gwrthrychau, gweithredoedd, teimladau, meddyliau neu syniadau, yn aml iawn bydd delwedd yn cael ei chreu yn y meddwl. Gall delwedd apelio at unrhyw un o'r synhwyrau: gweld, clywed, blasu, arogli a theimlo.

Motiff

Dyma ddechrau stori 'Eira-wen Fach':

Unwaith, amser maith yn ôl, a hithau'n ganol gaeaf, a'r plu
eira'n bwrw i lawr yn bendramwnwgl, eisteddai brenhines
gerllaw ffenestr, ffenestr wedi ei fframio mewn eboni du;
gwnïo oedd y frenhines. Ac fel yr oedd hi'n gwnïo ac yn
edrych allan drwy'r eira, pigodd ei bys efo'r nodwydd, ac fe
syrthiodd tri dafn o waed ar yr eira. Ac oherwydd bod lliw
coch yn edrych mor hardd ar yr eira gwyn, dechreuodd
ddychmygu, "Beth pe bawn i'n cael merch fach mor wyn â'r
eira, mor goch â gwaed, ac mor ddu â ffrâm y ffenestr yma."

A nawr, dyma ddarn o 'Hanes Peredur Fab Efrog' yn y 'Mabinogi':

Fore trannoeth, fe gododd, a phan ddaeth allan yr oedd
cawod o eira wedi disgyn y noson gynt a heboges wyllt wedi
lladd hwyaden yn agos i'r gell. Ac oherwydd sŵn y ceffyl,
cododd yr heboges a disgynnodd cigfran ar gig yr aderyn.
Yna, safodd Peredur a chymharu düwch y gigfran a gwynder
yr eira a chochni'r gwaed i wallt y wraig roedd yn ei charu, a
oedd cyn ddued â'r glo duaf, a'i chnawd i wynder yr eira a
chochni'r gwaed yn yr eira gwyn i'r ddau smotyn coch yng
ngruddiau'r wraig roedd ef yn ei charu.

Fe welwch chi'r tebygrwydd rhwng y ddau ddarn er bod y naill yn dod o'r
Almaen a'r llall o Gymru.

Motiff yw'r gair am ddelweddau fel hyn sy'n ymddangos yn aml mewn
chwedlau a storïau ar draws y byd. Mae yna filoedd o fotiffau.

Dalier sylw! Cyfateb i'r gair Saesneg *motif*, ac nid i *motive* sy'n golygu
'ysgogiad' neu 'cymhelliad', wna'r gair Cymraeg 'motiff'.

Thema

Mae i bob gwaith llenyddol ei thema, ac weithiau nifer o themâu. Y syniad canolog mewn gwaith yw ei thema; neu'r syniadau pwysicaf ynddo, pan fo mwy nag un thema. Themâu poblogaidd llên gwerin yw serch, dewrder, doethineb, cenfigen, balchder, angau a holl brofiadau mawr bywyd. Yn wir, nid yw themâu llenyddiaeth wedi newid o'r oesoedd cynnar hyd heddiw — yr un yw'r themâu. Weithiau, mae'n ddigon hawdd dweud beth yw thema darn o waith llenyddol mewn un gair; fel yn achos Rwmpelstiltsien, ariangarwch yw'r thema.

Arddull

Hyd yn oed ar eu ffurf brintiedig foel bydd storïau gwerin yn cadw peth o nodweddion y traddodiad llafar. Dyna'r defnydd celfydd o ailadrodd, er enghraifft, elfen sy'n bwysig i roi fframwaith i'r stori yn ogystal â bod yn gymorth i'w chofio hi. Y defnydd mynych o eiriau bach fel 'nawr', 'wel', a chysyllteiriau fel 'a/ac', 'ond', mewn brawddegau hirion. Mae'r elfennau hyn yn rhoi i'r Cyfarwydd reolaeth lwyr dros ei ddeunydd ac yn aml iawn maent yn fodd i gadw sylw'r gynulleidfa.

Hanfodion llên gwerin yw:

    (i)   stori sylfaenol gref

    (ii)   gwreiddyn o wirionedd

    (iii)   neges neu foeswers arwyddocaol.

Chwedlau Gwerin Rhyngwladol Poblogaidd

Ceir rhai storïau sydd â chylchrediad byd-eang. Hynny yw, yr un cnewyllyn sydd i'r storïau hyn er eu bod yn amrywio o wlad i wlad, ac weithiau ceir sawl amrywiad o fewn yr un wlad. Storïau yw'r rhain a gedwid ar lafar gan y werin ac a draddodid o genhedlaeth i genhedlaeth. Maent mor hen nes ei bod yn amhosibl, bron, dod o hyd i'r fersiwn gwreiddiol.

Un o'r enghreifftiau gorau, o bosib, yw'r stori a adwaenir yn gyffredinol fel *'Cinderella'* (cyfieithwyd yr enw i'r Gymraeg fel Ulwela). Yn y fersiwn sy'n gyfarwydd i'r rhan fwyaf ohonom mae gan *Cinderella* lysfam a dwy lyschwaer sy'n hyll ac sy'n greulon wrthi. Maen nhw'n ei gorfodi i wneud y tasgau mwyaf distadl ac yn ei chadw hi ymhlith y lludw, neu'r ulw; serch hynny mae *Cinderella* yn ferch hardd ac addfwyn. Yna mae'r tywysog yn cynnal dawns fawr. Mae'r chwiorydd hyll yn mynd heb *Cinderella*, wrth gwrs. Yn y fersiwn adnabyddus daw mam fedydd y ferch, sydd yn un o'r tylwyth teg, i'w chynorthwyo i fynd i'r ddawns drwy droi pwmpen yn goets aur, chwe llygoden yn geffylau, llygoden fawr yn goetsmon a chwe madfall yn weision, ac, yn lle ei dillad rhacs, mae hi'n rhoi dillad crand iddi ac esgidiau bach o wydr. Yna mae *Cinderella* yn cael mynd i'r ddawns ar yr amod ei bod hi'n gadael cyn hanner nos. Yno mae hi'n dawnsio gyda'r tywysog sydd yn cwympo mewn cariad â hi. Ond wrth i'r cloc daro hanner nos mae hi'n gadael yn ddisymwth gan ollwng un o'i hesgidiau gwydr. Mae *Cinderella* yn ôl yn yr un twll eto, druan ohoni. Ond mae'r tywysog yn chwilio'r wlad am y ferch hardd ac yn mynd â'r esgid wydr o gwmpas. Pan ddaw i gartref *Cinderella* mae'r chwiorydd hyll yn gwneud eu gorau glas i wthio'u traed i'r esgid ac yn methu, afraid dweud. Ond mae'r tywysog yn mynnu bod *Cinderella* yn cael cyfle i'w thrio, er gwaethaf gwrthwynebiad y llysfam a'r chwiorydd. Mae'r esgid yn ffitio. Mae *Cinderella* yn priodi'r tywysog ac yn maddau i'w chwiorydd.

Fersiwn llenyddol yw hwn a luniwyd gan Charles Perrault ar sail stori werin ac a gyhoeddwyd gyntaf yn 1697. Ychwanegiadau Perrault ei hun, fe ymddengys, yw'r goets a'r anifeiliaid sy'n cael eu trawsffurfio, a'r esgid o wydr (ei ychwanegiad pwysicaf o bosib). Ceir fersiynau o'r stori mewn sawl iaith ac mewn sawl gwlad. Ceir un yn Tsieina sy'n dyddio o ganol y nawfed ganrif. Ceir fersiwn ymhlith storïau'r brodyr Grimm (sef *'Aschenputtel'*), a cheir hefyd fersiynau o Siapan, Affrica, Mecsico Newydd, yr Eidal, Brasil, Armenia, Llychlyn, Rwsia, a'r gwledydd Celtaidd — Llydaw, Iwerddon a'r Alban. Dyna ddangos pa mor ryngwladol y gall stori werin fod. Weithiau ceir bachgen yn lle merch yn brif gymeriad y stori, neu anifail gwyrthiol yn lle'r fam fedydd o'r tylwyth teg. Ond erys y prif elfennau yr un yn yr holl fersiynau gwahanol. Mae'r prif gymeriad yn cael ei iselhau gan berthnasau newydd, mabwysiedig, ond mae'r rhai da yn cario'r dydd yn y diwedd.

Gwaetha'r modd ni chofnodwyd fersiwn Cymraeg o'r stori hon, hyd y gwn i. Ond gan fod y chwedl i'w chael yn Llydaw ac Iwerddon a'r Alban, mae'n deg credu ei bod hi wedi dod i Gymru hefyd ac iddi gael cylchrediad ar lafar, ond na fu iddi gael ei chofnodi.

Stori ryngwladol boblogaidd arall yw'r un a adwaenir fel *'Rumpelstiltskin'* (neu Rwmpelstiltsien yn ôl un cyfieithiad Cymraeg) ar ôl fersiwn y brodyr Grimm. Yn y stori hon mae merch i felinydd yn gorfod troi gwellt yn aur i blesio'r brenin. Daw dynan, hynny yw, dyn bach iawn i'w chynorthwyo hi. Bob tro y daw, rhaid iddi roi rhywbeth iddo er mwyn prynu'i gymorth: cadwyn y tro cyntaf, modrwy yr ail dro. Ond does ganddi ddim byd i'w roi y trydydd tro ac yn ei ffolineb mae'r ferch yn addo rhoi'i phlentyn cyntaf iddo pan gaiff hi un. Prioda'r ferch y brenin. Yn nes ymlaen mae'n cael plentyn a daw'r dyn bach i'w hawlio. Wrth gwrs mae hi'n amharod iawn i roi'i baban i'r dynan. Felly mae e'n rhoi tridiau o ras iddi ac os llwydda i ddyfalu'i enw, caiff gadw'r baban. Dyma gnewyllyn y stori. Un noson mae un o weision y frenhines yn gweld y dyn bach yn dawnsio o gwmpas tân ac yn dweud ei enw, *Rumpelstiltskin*. Pan ddaw'r dynan yn ôl ati mae hi'n datgelu'i enw ac mae'r dyn bach yn stampio'i droed i'r llawr ac yn ei rwygo'i hun yn ddau hanner.

Unwaith eto ceir nifer o fersiynau o'r stori hon mewn sawl iaith. Ni cheir y stori yn gyflawn yn y Gymraeg, ond yn y bedwaredd ganrif ar ddeg fe gofnodwyd y pennill hwn.

> Bychan a wyddai hi
> Mai Trwtyn-Tratyn
> Yw f'enw i.

Yr hyn a geir yma yw gweddillion fersiwn Cymraeg o'r chwedl, dyma'r darn lle mae'r dyn bach yn dawnsio ar ei ben ei hun yn y nos a gwas y frenhines yn ei glywed yn datguddio'i enw. Trwtyn-Tratyn fyddai'r enw yn y stori Gymraeg.

Yn y stori hon mae'r foeswers yn glir: mae rhai pethau yn werth llawer mwy nag aur — bywyd plentyn, er enghraifft.

Nid storïau i blant bach mo chwedlau gwerin, fel arfer. Meddyliwch am y ffordd y mae Rwmpelstiltsien yn ei rwygo'i hun yn ddau hanner ac, yn fersiwn y brodyr Grimm o *'Cinderella'*, y ffordd y mae'r chwiorydd hyll yn torri darnau o'u traed i ffwrdd i geisio cael yr esgid i'w ffitio. Yn y Mabinogi mae rhai pethau ofnadwy yn digwydd: mae plentyn Branwen yn cael ei daflu i'r tân a Rhiannon yn cael ei gorfodi i gario pobl ar ei chefn fel ceffyl. Storïau i bobl aeddfed oeddynt. Credai pobl yr oes o'r blaen mewn grymoedd goruwchnaturiol a hyd yn oed yn y tylwyth teg.

Storïau am y Tylwyth Teg

Enwau eraill ar y Tylwyth Teg yw Bendith y Mamau, Dynion Bach Teg, Tylwyth Gwyn ap Nudd, Plant Annwfn, Gwragedd Annwfn, Plant Rhys Ddwfn. Yn groes i'r elfennau 'teg' a 'bendith' yn yr enwau hyn nid creaduriaid bach dymunol mohonynt bob tro. Mae'r sôn am 'Annwfn', sef y byd tanddaearol, yn awgrymu eu gwir natur. Ceir llawer o storïau am Fendith y Mamau yn dwyn babanod ac yn eu cyfnewid am eu plant hyll a phiwis eu hunain. Ond fe'u gelwid yn 'Fendith y Mamau' am fod pobl yn ofni eu digio drwy ddodi enw cas arnynt. Pan fyddai baban yn cael ei eni byddai'i rieni yn brysio i'w fedyddio cyn iddo gael ei gipio gan y Tylwyth Teg. Dyna brofi bod pobl nid yn unig yn credu yn y Tylwyth Teg ond hefyd yn eu hofni.

Ni ddylid meddwl am y Tylwyth Teg fel creaduriaid bach ag adenydd ieir-bach-yr-haf chwaith. Syniad diweddar yw hwnnw.

Yng Nghymru cysylltir y Tylwyth Teg â llynnoedd yn aml iawn, fel yn un o storïau gwerin enwocaf Cymru sef chwedl Llyn y Fan Fach. Ceir sawl fersiwn o'r stori ond dyma'r fframwaith sylfaenol:

> Cwympodd dyn ifanc mewn cariad â merch hardd o'r llyn;
> mewn ymgais i'w denu mae'n cynnig tri math o fara iddi; y
> trydydd tro mae hi'n ei dderbyn ac yn cytuno i'w briodi ar yr

amod nad yw'n ei tharo hi dair gwaith; mae'r ferch yn mynd yn ôl i'r llyn ond yn ailymddangos gyda'i thad a'i chwaer a chan ei bod yn amhosibl gwahaniaethu rhwng y ddwy ferch mae'r ferch gywir yn dangos pa un yw hi drwy wtho'i throed ymlaen ychydig; mae tad y ferch yn rhoi llawer o anifeiliaid iddynt yn anrheg ac felly maen nhw'n gyfoethog; ond ar ôl cyfnod o hapusrwydd mae'r gŵr ifanc yn cael tri esgus gwan i'w tharo hi ac, ar hynny, mae hi'n dychwelyd i'r llyn â'r anifeiliaid.

Ni all y Tylwyth Teg a dynolryw fyw gyda'i gilydd yn hapus. Mae yma foeswers hefyd yn erbyn curo gwragedd. Mae'r fersiynau llawn yn cynnwys llawer o goelion y werin ynglŷn â'r Tylwyth Teg.

Sylwer ar y defnydd o'r rhif tri yn y stori hon; y llanc yn ceisio denu'r ferch dair gwaith, yr amod ynghylch y tri churiad, yr hen ŵr a'i ddwy ferch yn dod o'r llyn (hynny yw tri o'r tylwyth teg), torri'r amod drwy'r tri churiad, ac mewn rhai fersiynau mae'r pâr yn cael tri o blant, tri bachgen. Mae'r rhif tri yn nodweddiadol o storïau gwerin ac yn gymorth i gofio camau'r stori.

Yn ôl rhai fersiynau o chwedl Llyn y Fan Fach mae'r ferch yn cyfri'r anifeiliaid fesul pump. Mae pump yn rhif arbennig i'r Celtiaid ac mae'n arwyddocaol bod y ferch yn cael ei churo am gamymddwyn mewn tair seremoni Gristnogol: bedydd, priodas ac angladd. Seremonïau sy'n cynrychioli bywyd ydynt: geni, caru a marw. Efallai fod y chwedl yn dangos sut y bu i hen grefyddau cyn-Gristnogol a Cheltaidd gael eu disodli gan Gristnogaeth ganrifoedd yn ôl, gyda'r ferch o'r llyn yn cynrychioli paganiaeth a'r dyn ifanc yn cynrychioli'r grefydd newydd.

Arwyddion Angau

Byr, brwnt a brau oedd bywyd ein teidiau a'n cyndeidiau. Byddai babanod a phlant yn marw'n ifanc, byddai gweithwyr yn aml yn marw mewn damweiniau, byddai salwch a heintiau yn lladd rhai, a rhyfeloedd a llofruddion. Gan fod angau yn taro mor aml ac mor annisgwyl, byddai'r werin bobl bob amser yn chwilio am arwyddion a fyddai'n darogan marwolaeth. Ar lafar gwlad yng Nghymru ceid sawl symbol fod marwolaeth i ddod. Dyma dri ohonynt:

Y Gannwyll Gorff

Goleuni ar siâp fflam neu ar siâp y sawl oedd yn mynd i farw, a fyddai'n mynd ar hyd llwybr yr angladd tua'r fynwent. Weithiau deuai'r goleuni allan o geg y sawl oedd ar fin marw.

Y Toili

Mae'r gair yn dod o 'tylwyth' ac mae'n fwy na thebyg bod yna gysylltiad â'r hen syniad o'r tylwyth teg maleisus. Gwelid rhith o'r angladd a oedd yn mynd i ddigwydd — yr hers, yr arch, y galarwyr i gyd — yn ymlwybro o gartref yr un anffodus tua'r fynwent. A wiw i neb groesi ffordd y toili!

Yr Aderyn Corff

Roedd yr hen bobl yn ofni adar ac mae lle i gredu bod yr ofn hwn yn mynd yn ôl i ofergoelion cyn-Gristnogol y Celtiaid. Pan ddeuai aderyn bach neu fawr i'r tŷ neu at y ffenestr, credid ei fod yn arwydd sicr o angau.

Ymarfer:
Oes unrhyw storïau yn eich ardal chi
am y gannwyll gorff, y toili neu yr aderyn corff?
Casglwch enghreifftiau ohonynt.

Stori Gynyddol

Weithiau bydd patrwm stori yn mynd ymhellach na'r defnydd o drioedd a gall y patrwm dyfu i fod yn bwysicach na chynnwys y stori'i hun. Mewn gwirionedd prawf ar y cof yw storïau o'r math hwn. Cofio popeth. Bydd stori gynyddol yn un hawdd i'w dysgu, ond achos difyrrwch i'r gwrandawyr yw clywed y perfformiwr yn gwneud camgymeriad. Ennyn eu hedmygedd wna'r perfformiwr os llwydda i gael y cyfan yn berffaith. Un o'r enghreifftiau gorau yn y Gymraeg yw 'Yr Hen Wraig a'r Oen':

Hen wraig fach yn sgubo'r aelwyd yn lân gafodd dair ceiniog i brynu oen bach. 'Da o'n bach, cerdda di sha thre, mae 'nghefen i'n rhy wan i dy gario di.'

'Na wna' i ddim.'

'Da gi bach, cwrsia di'r o'n, mae'r o'n yn pallu cerdded sha thre, a 'nghefen i'n rhy wan i'w gario fe.'

'Na wna' i ddim.'

'Da bastwn bach, wada di'r ci, mae'r ci'n pallu cwrsio'r o'n, yr o'n yn pallu cerdded sha thre, a 'nghefen i'n rhy wan i'w gario fe.'

'Na wna' i ddim.'

'Da fwyall fach, torra di'r pastwn, mae'r pastwn yn pallu wado'r ci, y ci'n pallu cwrsio'r o'n, yr o'n yn pallu cerdded sha thre, a 'nghefen i'n rhy wan i'w gario fe.'

'Na wna' i ddim.'

'Da dân bach, llosga di'r fwyall, mae'r fwyall yn pallu torri'r pastwn, y pastwn yn pallu wado'r ci, y ci'n pallu cwrsio'r o'n, yr o'n yn pallu cerdded sha thre, a 'nghefen i'n rhy wan i'w gario fe.'

'Na wna' i ddim.'

'Da ddŵr bach, diffodd di'r tân, mae'r tân yn pallu llosgi'r fwyall, y fwyall yn pallu torri'r pastwn, y pastwn yn pallu wado'r ci, y ci'n pallu cwrsio'r o'n, yr o'n yn pallu cerdded sha thre, a 'nghefen i'n rhy wan i'w gario fe.'

'Na wna' i ddim.'

'Da ych bach, yfa di'r dŵr, mae'r dŵr yn pallu diffodd y tân, y tân yn pallu llosgi'r fwyall, y fwyall yn pallu torri'r pastwn, y pastwn yn pallu wado'r ci, y ci'n pallu cwrsio'r o'n, yr o'n yn pallu cerdded sha thre, a 'nghefen i'n rhy wan i'w gario fe.'

'Na wna' i ddim.'

'Da raff fach, croga di'r ych, mae'r ych yn pallu yfed y dŵr, y dŵr yn pallu diffodd y tân, y tân yn pallu llosgi'r fwyall, y fwyall yn pallu torri'r pastwn, y pastwn yn pallu wado'r ci, y ci'n pallu cwrsio'r o'n, yr o'n yn pallu cerdded sha thre, a 'nghefen i'n rhy wan i'w gario fe.'

'Na wna' i ddim.

'Da lygoden fach, torra di'r rhaff, mae'r rhaff yn pallu crogi'r ych, yr ych yn pallu yfed y dŵr, y dŵr yn pallu diffodd y tân, y tân yn pallu llosgi'r fwyall, y fwyall yn pallu torri'r pastwn, y pastwn yn pallu wado'r ci, y ci'n pallu cwrsio'r o'n, yr o'n yn pallu cerdded sha thre, a 'nghefen i'n rhy wan i'w gario fe.'

'Na wna' i ddim.'

'Da gath fach, dal di'r llygoden. Mae'r llygoden yn pallu torri'r rhaff, y rhaff yn pallu crogi'r ych, yr ych yn pallu yfed y dŵr, y dŵr yn pallu diffodd y tân, y tân yn pallu llosgi'r fwyall, y fwyall yn pallu torri'r pastwn, y pastwn yn pallu wado'r ci, y ci'n pallu cwrsio'r o'n, yr o'n yn pallu cerdded sha thre, a 'nghefen i'n rhy wan i'w gario fe.'

Bant â'r gath i ddal y llygoden, bant â'r llygoden i dorri'r rhaff, bant â'r rhaff i grogi'r ych, bant â'r ych i yfed y dŵr, bant â'r dŵr i ddiffodd y tân, bant â'r tân i losgi'r fwyall, bant â'r fwyall i dorri'r pastwn, bant â'r pastwn i wado'r ci, bant â'r ci i gwrsio'r o'n, a bant â'r o'n sha thre, sha thre, sha thre.

Wrth adrodd y stori hon byddai'r perfformiwr yn cyflymu wrth adeiladu'r darnau ac efallai y byddai'r gynulleidfa'n ymuno yn y 'Na wna' i ddim.'

16

Clymau Tafod

Yn perthyn yn agos i'r stori gynyddol ceir clymau tafod. Unwaith eto, prawf ar y cof ydynt ac rydym yn dysgu rhai ohonynt cyn inni ddysgu darllen hyd yn oed. Maent yn cael eu defnyddio fel hwiangerddi yn aml iawn. Ceir llawer ohonynt ar lafar o hyd, ond cofnodwyd rhai ohonynt amser maith yn ôl. Ceir yr enghraifft hon ymhlith yr Hen Benillion sydd yn dyddio yn ôl i'r ail ganrif ar bymtheg:

> Caseg winau, coesau gwynion,
> Ffroenen denau, carnau duon,
> Carnau duon, ffroenen denau,
> Coesau gwynion, caseg winau.

Ceir rhai ar ffurf englyn fel yr un hwn i'r afr:

> Ar grugrgroen yr hagr grogrgraig — a llamsach
> Hyd hell lemserth lethrgraig,
> Ochrau neu grib uchran y graig,
> Grothawg-grib ar greithiog-graig.

Neu yr un yma, i'r pry copyn, heb gytseiniaid:

> O'i wiw wy i wau e â — o'i ieuau
> Ei weau a wea;
> E wywa ei we aea,
> A'i weau yw ieuau iâ.

Priodolir yr englynion hyn i'r bardd Ceiriog weithiau, ond maent i'w cael mewn llawysgrifau cyn ei gyfnod ef.

Ymarfer:
Wyddoch chi unrhyw glymau tafod Cymraeg?
Gofynnwch hynny i'ch ffrindiau a'ch teulu hefyd a
gwnewch gasgliad o glymau tafod.

Storïau am Gymeriadau

Ym mhob oes ac ym mhob ardal ceir unigolion hynod. Weithiau, bydd chwedloniaeth yn tyfu o gwmpas y cymeriadau hyn a bydd y storïau yn cynyddu ac yn tyfu'n fwy ar ôl marwolaeth y person arbennig.

Dyma rai enghreifftiau o hynny:

Dic Aberdaron

Richard Robert Jones (1780–1843) oedd ei enw iawn. Ni fu mewn ysgol erioed ond dysgodd Ladin ar ei ben ei hun pan oedd yn ddeuddeg oed. Yna, dysgodd lawer o ieithoedd eraill o lyfrau. Crwydryn digartref ydoedd ond lle bynnag yr âi, byddai'n mynd â'i gathod a'i lyfrau gydag ef. Roedd yn arfer gwisgo corn maharen o gwmpas ei wddf. Yn ôl rhai storïau amdano, roedd yn gallu codi cythreuliaid a'u rheoli.

Dr William Price

Arferai'r Dr William Price (1800–1893) wisgo crysbais wen, gwasgod ysgarlad, trowsus gwyrdd a het o groen llwynog. Roedd yn feddyg ac yn llawfeddyg. Un tro dihangodd i Ffrainc rhag yr heddlu wedi'i wisgo fel gwraig. Ni fyddai'n bwyta cig ac nid oedd yn credu mewn priodas. Yn ei wyth degau daeth yn dad eto a rhoi'r enw 'Iesu Grist' ar ei fab. Pan fu farw'r plentyn, llosgodd William Price y corff. Roedd felly yn arloeswr corfflosgiad.

Marged ach Ifan

Mae marc cwestiwn mawr ynglŷn â dyddiadau Margaret Evans, sef 1695–1801. Go brin ei bod wedi byw i fod yn 106 oed, ond mae ei hoedran mawr yn rhan o'r chwedloniaeth amdani. Yn ôl y sôn, roedd hi'n helwraig ac yn saethwraig, yn bysgotwraig ac yn adeiladydd cychod, yn of ac yn gallu ymgodymu â dynion mawr (a'u trechu!). Yn ôl rhai roedd hi'n gawres hefyd.

Ymarfer:

A oes unrhyw gymeriad hanesyddol hynod yn gysylltiedig â'ch ardal chi? Casglwch unrhyw storïau amdano neu amdani.

Storïau Celwydd Golau

Un math o lên gwerin y dylid cyfeirio ato yw'r hyn a elwir 'celwydd golau' neu 'gelwydd gwyn'. Dywed Robin Gwyndaf:

> Bu traddodiad maith a chyfoethog iawn yng Nghymru o adrodd straeon digri . . . y mae amryw ohonynt yn hen iawn ac yn storïau cydwladol.

Wedi dweud hynny, rhan annatod o'r celwydd golau yw'r perfformiad, a phersonoliaeth yr adroddwr neu'r adroddwraig ei hun ac, yn ôl Arthur Tomos, nid cael eu hadrodd yn ail law y byddant ond cael eu creu. Weithiau mae'r straeon celwydd golau yn rhan o draddodiad teuluol. Mae Arthur Tomos yn diffinio stori gelwydd golau fel hyn:

> . . . stori sydd yn amlwg yn gelwydd pur ond sy'n gwneud dim drwg i neb, a stori sy'n creu digon o adloniant ar yr un pryd.

Dyma enghraifft a elwir 'Gwlad yr Enwau Rhyfedd':

> Gŵr y tŷ yn dysgu enwau rhyfedd (ar bethau cyffredin) i'w was, weithiau fel prawf cyn ei gyflogi. Y noson honno ceir tân yn y tŷ ac y mae'r gwas, gan ddefnyddio'r enwau, yn galw ar ei feistr i godi ar frys o'i wely. Dyma fersiwn o Fôn: Mistar! Mistar! Codwch o'r *rigin-rigis* (gwely); rhowch eich *fflibi-fflabat* (trowsus) amdanoch; dowch lawr y *la-la-bwshis* (grisiau); mae lwmp o *goncorolwm* (colsyn poeth) wedi disgyn ar gefn y *chwimi-chwimwth* (y gath); ac mae *chwimi-chwimwth* wedi rhedeg i *mounten-iago* (sgubor). Os na fyddwch chi yma ymhen dau funud hefo bwcedaid o *shamis-droch* (dŵr), bydd pob man yn wenfflam ulw.

Ar wahân i'w gwerth doniol fe welir yn y stori hon elfen o foeswers. Mae'r meistr sydd wedi ceisio rhoi prawf annheg ar ei was newydd yn cael ei ddal gan ei ffolineb ei hun.

Gwelir yr elfen anhygoel sydd mor nodweddiadol o'r stori celwydd golau yn yr enghraifft hon:

Roedd ffermwr yn codi tatws ac roedd rheiny'n rhai anferth. Yn wir, methodd yn lân â symud un ohonynt o'r cae. Roedd honno mor fawr nes i'r ffermwr benderfynu ei gadael hi ar ganol y cae a chodi siop chips wrth ei hochor. Bu'n gwerthu chips o'r daten honno am fisoedd.

Ymarfer:
Wyddoch chi unrhyw storïau celwydd golau?
Casglwch enghreifftiau ohonynt.

21

Chwedlau Dinesig Cyfoes

Ond nid pethau sy'n perthyn i oes a fu mo traddodiadau llafar. Mae ymchwil-wyr yn America wedi darganfod bod math ar lên gwerin yn datblygu o hyd. Ceir storïau sydd â chylchrediad eang a chydwladol ac a elwir yn 'chwedlau dinesig cyfoes'. Fel rheol cyflwynir y storïau hyn fel digwyddiadau ffeithiol, yn wir bydd adroddwr y stori yn aml iawn yn pwysleisio'i dilysrwydd drwy ddweud rhywbeth fel 'Mae hyn yn hollol wir' neu 'Ar fy ngair' neu 'Mae wedi bod yn y papurau'. Ond profiadau rhywun arall ydynt heb eithriad, rhywbeth sydd wedi digwydd i 'ffrind i ffrind'. Ceir dwy elfen yn y chwedlau hyn: elfen iasoer ac elfen o foeswers. Y ddinas neu'r dref yw eu lleoliad; yr oes hon yw eu hamser.

Dyma dair enghraifft sydd wedi cael eu cofnodi yng Nghymru, ac mae'n eithaf posibl eich bod chi wedi clywed fersiynau ohonynt.

1.   *Y Corryn yn y Gwallt*

Yn y pum degau, pan oedd hi'n ffasiynol i ferched gadw eu gwallt i fyny yn steil y *beehive*, roedd 'na ferch yn y dref 'ma oedd yn arfer chwistrellu'i gwallt bob dydd ond byth yn ei gribo na'i olchi. Heb yn wybod iddi, aeth corynnod i nythu yn ei gwallt. Yna, un diwrnod, yn yr ysgol, mi lewygodd. Yn yr ysbyty gwelodd un o'r nyrsys gorryn yng ngwallt y ferch. Torrodd y doctoriaid y gwallt i ffwrdd a chanfod bod y corynnod wedi cnoi twll ym mhen y ferch.

2.   *Y Fam-gu yn y Carped*

Mae teulu yn mynd dramor ar eu gwyliau yn eu car. Yn y wlad estron mae un o'r plant yn sylwi nad yw Mam-gu'n anadlu. Mae'r tad a'r fam yn ofni rheolau'r wlad hon a dydyn nhw ddim yn gwybod beth i'w wneud. Yn y diwedd maen nhw'n lapio'r corff mewn sach gysgu ac yn ei chlymu hi ar resel ben to y car gyda'r bwriad o fynd â'r hen fenyw fel'na i'r llysgenhadaeth. Ar y ffordd mae'r teulu'n teimlo'n drist ar ôl eu profedigaeth a dydyn nhw ddim wedi cael brecwast, felly dyma nhw'n mynd i gaffe ar ochr yr heol i gael cinio. Ond pan ddôn nhw allan ar ôl cael bwyd mae'r car wedi mynd, wedi cael ei ddwyn, a Mam-gu ar y to.

3. *Y Teithiwr Diflanedig*

Roedd dyn yn gyrru drwy'r wlad pan welodd lanc yn bodio. Stopiodd i'w godi. Yn y car dywedodd y bachgen ei fod e'n dod o'r tŷ bum milltir lan y lôn. Yna aeth yn dawel. Pan ddaeth y gyrrwr at y tŷ, trodd at y llanc ond roedd hwnnw wedi diflannu. Mewn penbleth aeth y dyn i gnocio ar y drws i ddweud beth ddigwyddodd. Disgrifiodd y gyrrwr y llanc i'r hen bobl a ddaeth i agor y drws. Dywedodd yr hen bobl taw eu mab nhw oedd y llanc ond y cawsai ei ladd, bum mlynedd yn ôl i'r noson, ar y ffordd lle cododd y gyrrwr ef.

Daw'r storïau hyn i gyd o America yn wreiddiol, mae'n debyg. Ond mae'n bosibl bod chwedlau eraill yn cael eu cylchredeg ar lafar a'u hadrodd fel 'y gwirionedd' yn eich ardal chi. Y gamp yw dod o hyd i wahanol fersiynau o'r un stori a'u cofnodi.

Ymarfer:

A glywsoch chi unrhyw un o'r storïau hyn o'r blaen? Cofnodwch y fersiwn yn union fel y clywsoch y stori.

Meddyliwch am y llun enwog 'Salem' gan Curnow Vosper. Mae nifer o storïau wedi tyfu ynghylch y llun hwn o Siân Owen Ty'n y Fawnog a baentiwyd yn 1908. Yn ôl rhai gellir gweld wyneb y diafol ym mhlygiadau siôl yr hen fenyw yng nghanol y llun. Ceir stori am Siân Owen, yn ei balchder, yn cymryd ei hamser i wisgo'r siôl gan gyrraedd y gwasanaeth yn hwyr, ac mai dyna pam yr ymddangosodd y diafol ynddi. Mewn fersiwn arall, eithaf gwahanol, mae Siân Owen yn cael ei diarddel o'r capel ar gorn ei balchder; gadael y capel y mae hi a dyna pam mae wyneb y diafol i'w weld yn y siôl.

Edrychwch ar y copi du a gwyn o *Salem* sydd ar y dudalen gyferbyn.

24

Nid yw'r naill stori na'r llall yn wir. Sefyll i gael ei llun wedi'i dynnu gan yr artist yr oedd Siân Owen. A dywedodd Vosper ei hun nad oedd wedi bwriadu rhoi wyneb yn y siôl o gwbl, rhyw fath o ddamwain oedd hynny.

Ond nid yw'r gwirionedd wedi rhwystro'r llên gwerin sydd wedi crynhoi o gwmpas y llun hwn rhag tyfu a chynyddu. Mae rhai'n honni eu bod nhw'n gweld wynebau yn y ffenestr, a dywed eraill mai gwrach oedd Siân Owen. Mae'r storïau am y llun yn cynnwys prif elfennau llên gwerin; maen nhw'n cael eu cylchredeg ar lafar, maen nhw'n cael eu cyflwyno fel 'y gwirionedd', mae elfen o'r iasoer yn perthyn iddynt (y diafol), mae elfen o foeswers ynddynt (balchder Siân Owen).

Ymarfer:

Gofynnwch i'ch teulu a'ch cymdogion ddweud unrhyw storïau a wyddant am y llun 'Salem'. Cofnodwch bob fersiwn a chymharwch y gwahaniaethau. Fe ffeindiwch, efallai, fod rhai pobl yn credu mai gwrach oedd Siân Owen. Ceir storïau am rai o'r bobl eraill sydd yn y llun hefyd. Yn ôl rhai, mae'r llun ei hun yn dod â lwc ddrwg i'r tŷ.

Llyfryddiaeth Ddethol

Straeon Gwerin Cymru, Robin Gwyndaf. Gwasg Carreg Gwalch, 1988.
Cligieth, C'nebrwn ac Angladd, Catrin Stevens. Gwasg Carreg Gwalch, 1987.
Y Tylwyth Teg, John Owen Huws. Gwasg Carreg Gwalch, 1987.
Y Nain yn y Carped, John Owen Huws. Gwasg Carreg Gwalch, 1996.

Y Ddrama

Y Ddrama

Beth yw Drama?

Mae drama yn un o ffurfiau llenyddol hynaf y byd. Ond yn wahanol i ffurfiau llenyddol eraill mae'n dibynnu ar rywbeth mwy na'r ffurf ysgrifenedig yn unig. Mae'n gofyn am gael ei pherfformio a rhaid cael actorion i gyflwyno'r perfformiad. Digwydd y perfformiad hwn o flaen cynulleidfa. Cynhelir y perfformiad mewn theatr weithiau, ond gall ddigwydd yn yr awyr agored neu mewn stiwdio.

Datblygiad cymharol ddiweddar yw recordio a ffilmio, ac erbyn hyn ceir mathau ar ddrama ar y radio, ar y teledu ac ar ffilm. Er bod rhai hen ddramâu yn rhan o draddodiad llafar anysgrifenedig, yn ein dyddiau ni mae'r rhan fwyaf o ddramâu yn seiliedig ar destun ysgrifenedig. Hefyd mae'r rhan fwyaf o ddramâu yn defnyddio offer neu gelfi neu bropiau fel rhan o'r perfformiad, er nad ydynt yn hanfodol.

Ffurf aml-ddimensiwn yw drama, felly, yn gofyn am gydweithrediad rhwng sawl person. I grynhoi, dyma elfennau drama:

Perfformiad

Actorion

Cynulleidfa

28

ac o bosib:

> Theatr/Llwyfan
>
> Celfi/Propiau
>
> Testun ysgrifenedig (y ddrama neu'r sgript)

Y Groegiaid

Ddwy fil a hanner o flynyddoedd yn ôl dechreuodd y ddrama dyfu yn ffurf ar gelfyddyd yng Ngwlad Groeg. Ceid mathau o ddrama cyn hynny mae'n wir, o wledydd eraill, o Swmaria ac o'r Aifft er enghraifft, ond ymarferion defodol a chrefyddol oedd y dramâu hyn. Duwiau a defodau crefyddol yw sail y ddrama yng Ngwlad Groeg hefyd, ond cymerodd y Groegiaid gam hanfodol tuag at gelfyddyd. Newidiodd eu dawnsfeydd a'u canu corawl o ddiolch i'r duwiau am y cynhaeaf pan ddechreuodd arweinwyr y côr gynnal sgwrs.

Yn ôl traddodiad priodolir y newid hwn i ddyn o'r enw Thespis. Perfformiwr oedd Thespis ac arferai wisgo masgiau. Hwn oedd yr actor cyntaf yn hanes y theatr.

Yn y dramâu cynharaf sydd wedi goroesi, ceir syniad sy'n dal i fod yn hollbwysig i bob profiad dramatig, sef y syniad o wrthdaro. Ymgais i fynegi dirgelion y byd dynol yw'r dramâu Groegaidd. Ynddynt gwelir dyn yn erbyn y duwiau, dyn yn erbyn tynged, dyn yn erbyn cyd-ddyn ac, yn naturiol, dyn yn ei erbyn ef ei hun. Dyna'r syniad o wrthdaro.

Cynhelid cystadleuaeth ddramâu yng ngŵyl fawr Dionusos yn Athen. Ceid tri math o ddrama, sef:

> Trasiedi
>
> Comedi
>
> Drama Satyr.

Trasiedi

Ystyr wreiddiol y gair hwn yw 'cân gafr'. Drama sy'n ymwneud â llwyddiannau a methiannau a'r trychinebau sy'n dod i gwrdd â phobl ydyw. Fel arfer, roedd y prif gymeriadau yn arwyr o statws uchel: brenhinoedd, breninesau, tywysogion, ac yn y blaen. Yr hyn sy'n digwydd i'r arwr neu'r arwres yw'r drasiedi; trychineb ofnadwy sy'n dangos eu diffygion a'u gwendidau.

Mae trasiedïau gan dri dramodydd wedi goroesi:

> Aischulos (525–456 CC)
>
>> Mae saith o 60 o'i ddramâu wedi goroesi gan gynnwys *Y Persiaid, Oresteia, Agamemnon.*
>
> Soffocles (496–406 CC)
>
>> Mae saith o 123 o'i ddramâu wedi goroesi gan gynnwys *Oidipos Frenin, Oidipos yn Colonos,* ac *Electra.*
>
> Ewripedes (484–406 CC)
>
>> Ysgrifennodd tuag 80 o ddramâu ac mae 19 wedi goroesi gan gynnwys *Alcestis, Medea, Orestes, Y Bacchai.*

Comedi

Yn wreiddiol cysylltid comedi ag addoli'r duw Groegaidd, Dionusos. Yn y dramâu cynnar, gwelir cyfuniad o farddoniaeth, dawns, plotiau ffantastig, cymeriadau anhygoel a dychan. Yn aml iawn hefyd ceir ynddynt dipyn o feirniadaeth ar y gymdeithas.

Ceir 'Hen Gomedïau' gan:

> Aristoffenes (448–388 CC)
>
>> Mae 11 o'i 55 o ddramâu wedi goroesi yn cynnwys *Cymylau, Adar,* a *Marchogion.* Yn ei ddramâu cyfunir defodau crefyddol Groegaidd, dychan a beirniadaeth wleidyddol.
>
> Menander (343–291 CC)
>
>> Awdur 'Y Gomedi Newydd' sy'n cyflwyno themâu fel bywyd cyfoes a serch. Dim ond un o'i ddramâu sydd wedi goroesi sef *Discolos.*

Drama Satyr

Nid oes dim cysylltiad o gwbl rhwng dramâu satyr a'r gair Saesneg, *satire*. Byddai'r ddrama satyr yn cael ei pherffformio ar ôl y trasiedïau a rhyw fath o chwarae chwerthinllyd oedd hi gyda rhyw arwr chwedlonol yn cael ei gyflwyno fel person gwirion gyda chôr o satyr. Creaduriaid a oedd yn hanner dyn hanner gafr neu geffyl oedd y satyr. Prin yw ein gwybodaeth am y math hwn o ddrama gan nad oes un enghraifft ar gael.

William Shakespeare (1564–1616)

Y dramodydd enwocaf yn y byd. Mae ei ddramâu wedi cael eu cyfieithu i'r rhan fwyaf o ieithoedd y byd — rhai i'r Gymraeg.

Cafodd ei eni a'i fagu yn Stratford upon Avon. Nid oes llawer o wybodaeth ar gael am ei fywyd, ond aeth yn actor pan oedd yn ifanc iawn.

Ysgrifennodd dros dri deg o ddramâu i gyd, yn eu plith y comedïau, *A Midsummer Night's Dream, A Comedy of Errors* ac *All's Well That Ends Well;* a'r trasiedïau mawr, *Hamlet, Othello, Macbeth* a *King Lear.*

Mae gwaith Shakespeare yn arbennig oherwydd mae'n dangos dealltwriaeth o bob agwedd ar fywyd dynol; y cryfderau a'r gwendidau, doniol a thrasig a rhamantus.

Nid yw'r syniad o gyfieithu Shakespeare i'r Gymraeg mor od ag y mae'n swnio. Mae'r Gymraeg, weithiau, yn haws i'w deall na Saesneg hen y dramâu gwreiddiol. Dyma ran o gyfieithiad J T Jones o un o areithiau enwocaf Hamlet:

Ai bod ai peidio â bod: dyna yw'r cwestiwn.
P'run harddaf yn yr enaid, ai dioddef
Holl saethau ac ergydion ffawd ysgeler,
Ai ymarfogi yn erbyn môr o ofidiau,
A'u herio nes cael diwedd? Marw; syrthio 'nghwsg;
Dim mwy; a dweud bod cwsg yn dwyn i ben
Yr ing a'r ysgytiadau natur fyrdd
Sy'n etifeddiaeth cnawd; y mae'n ddiweddglo
I'w daer chwenychu. Marw; syrthio 'nghwsg;
Cysgu! — breuddwydio efallai: ie, dyna'r aflwydd!
Cans rhaid, — wrth gofio pa ryw hunlle all ddod,
A ninnau 'nghwsg, 'n ôl sydyn ymryddhau
O'r marwol rwymau hyn, — yw cymryd pwyll.

Gwelwch hefyd gyfieithiadau o weithiau eraill Shakespeare gan J T Jones:

- *Marsiandwr Fenis*
- *Nos Ystwyll*
- *Romeo a Juliet.*

Twm o'r Nant (1739–1810)

Gelwir Twm o'r Nant yn 'Shakespeare Cymru' weithiau. Thomas Edwards oedd ei enw bedydd. Ychydig o addysg a gafodd. Er nad oedd ei ddramâu mor fawr â rhai Shakespeare, Twm o'r Nant oedd y dramodydd pwysig cyntaf i ddefnyddio'r Gymraeg. Cysylltir ei enw â ffurf yr anterliwt.

Yr Anterliwt

Drama fer ar ffurf barddoniaeth yw anterliwt a daw'r gair o'r Saesneg *interlude*. Fel rheol byddid yn perfformio'r anterliwtiau mewn ffair neu mewn tafarn.

Y dorf yn gwylio perfformwyr ar ddiwrnod marchnad yn Aberystwyth yn 1797.

Mae'r canlynol ymhlith dramâu Twm o'r Nant:

> *Pedair Colofn Gwladwriaeth*
>
> *Pleser a Gofid*
>
> *Cybydd-dod ac Oferedd*
>
> *Y Farddoneg Fabilonaidd*
>
> *Bannau y Byd neu Greiglais o Groglofft*
>
> *Y Ddau Ben Ymdrechgar*
>
> *Tri Chryfion Byd.*

Yn y rhan fwyaf ohonynt ceir y ddau gymeriad, Y Ffŵl a'r Cybydd. Dyma ddarn o'i anterliwt, *Tri Chryfion Byd*:

TOM:	. . . Mae hyn yn helynt aflan Fynd o'r hen Gymraeg mor egwan; Ni cheiff hi mo'i pherchi mewn bryn na phant Heno, gan ei phlant ei hunan. (*Enter Traethydd*)
TRAETHYDD:	*What is this gibberish, foolish fellow?*
TOM:	Dam i sil Satan, dyma Sais eto.
TRAETHYDD:	*Do not talk nonsense.*
TOM:	Taw, dacw Nansi, Siarad Gymraeg neu dos i'th grogi; Does yma fawr o Saesneg glân, Ond ychydig gan Siân a Chadi.
TRAETHYDD:	Paham rwyt yn lladd ar Saesneg mor greulon?
TOM:	Lladd yr wyf fi ar Gymry beilchion Sy'n ceisio gwneuthur pob dyfeis I fod mor *brecise* â'r Saeson.

Sylwer felly fod yr hen ddrama Gymraeg hon yn defnyddio barddoniaeth ac yn cynnwys peth cynghanedd.

Rhai o Dermau'r Theatr

Act:	Rhaniad drama
Golygfa:	Rhaniad o fewn act
Chwarae:	Actio ar lwyfan (*to play*)
Llwyfannu:	Cyflwyno drama ar lwyfan
Cynhyrchiad:	Adeiladwaith y ddrama, celfi, golygfeydd, goleuo, dillad, actorion
Cyfarwyddwr/ Cyfarwyddwraig:	Y person sy'n gyfrifol am bopeth y tu ôl i'r llwyfan ac am hyfforddi'r actorion

Darllen Sgript Drama

Wrth ddarllen drama rhaid inni fod yn ofalus. Rhaid ceisio gweld y cyfan yn y dychymyg. Peth i'w weld a'i glywed yw drama fel arfer. Edrychwch ar unrhyw sgript ac fe welwch ddwy elfen. Y peth amlycaf yw'r ddeialog ac enwau'r cymeriadau, er enghraifft:

> HAYDN: Faint fyddi di'n neud efo Cymdeithas yr Iaith dyddiau yma?
> GWENDA: Ddim llawar . . .

Yna fe welir darnau rhwng cromfachau ac mewn italig, fel arfer. Nid pethau i'w dweud ar y llwyfan mo'r darnau hyn ond darnau sydd yn dweud sut i osod y llwyfan neu sut i lefaru'r geiriau, er enghraifft:

> GWENDA: (*yn chwerw*) Tydw i ddim yn weithredol iawn dyddia yma chwaith.

Rhaid i'r actores sy'n chwarae rhan Gwenda ddweud y geiriau hyn gyda chwerwedd yn ei llais. Ac yn nes ymlaen yn yr un ddrama ceir darn fel hwn:

> HAYDN: Gawn ni weld. (*Mae'n cymryd dalen o'i gês ac yn ei rhoi iddi.*) Dyma ti. Man nhw'n gwestiyna digon syml, ac yn ddigon eglur, dwi'n meddwl. Chymran nhw ddim gormod o dy amsar di. (*Saib.*)
>
> GWENDA: (*yn cymryd y ddalen*) Diolch. (*yn edrych dros y cwestiynau*)
>
> HAYDN: (*yn ei gwylio am ennyd cyn gofyn*) Wt ti'n meddwl y baswn i'n cal . . . ymweld? (*yn pwyntio at y nenfwd*)

Mae'r darn cyntaf rhwng cromfachau yn y dyfyniad diwethaf yn dweud wrth bwy bynnag sy'n gweithio ar y ddrama hon fod rhaid gwneud yn siŵr bod gan yr actor gês a bod papur yn y cês. Gelwir y pethau bach cyffredin hyn sy'n cael eu defnyddio gan actorion ar y llwyfan yn 'bropiau' neu yn 'gelfi'. Ond mae'r un darn yn dweud wrth yr actor beth i'w wneud — hynny yw, cymryd y papur o'i gês a'i roi i'r actores. Mae'r geiriau mewn italig yn ei gyfarwyddo a dyna pam y gelwir y darnau hyn yn 'gyfarwyddiadau llwyfan'.

Gair bach pwysig mewn sgript drama yw *'saib'*; mae'n golygu ysbaid o dawelwch rhwng yr actorion. Yn y cyfarwyddiad yn y dyfyniad diwethaf gofynnir i'r actorion bwyntio at y nenfwd. Dyna ddangos pa mor bwysig yw'r darnau hyn rhwng cromfachau: mae'r enghraifft hon yn dangos i'r actor sut i symud ac yn dangos hefyd fod rhaid cael rhyw fath o nenfwd yn y ddrama hon.

Ar ddechrau sgript drama ceir cyfarwyddiadau llwyfan manwl yn disgrifio sut i drefnu'r llwyfan. Pan awn i weld y ddrama yn y theatr, bydd y pethau hyn o flaen ein llygaid yn ddigon amlwg wrth i'r llen godi; ond rhaid inni eu dychmygu wrth ddarllen y sgript. Dyma'r cyfarwyddiadau llwyfan ar ddechrau'r ddrama, *Diwedd y Saithdegau*:

> *Lolfa cartref John a Gwenda ar stad ddeniadol yng Nghaernarfon; ystafell hir, ac iddi barwydydd gwynion, wedi'u dodrefnu'n gynnil-chwaethus. Dau argraffiad da ar y pared sy'n wynebu'r gynulleidfa, y naill gan Vermeer a'r llall gan Modigliani. Y dodrefn arferol, sef soffa, dwy gadair esmwyth, cwpwrdd llestri modern yn cynnwys diodydd, stereo, desg a theliffon arni, bwrdd coffi, set deledu. Grisiau agored yn wynebu'r gynulleidfa yn nwy gornel yr ystafell, y naill yn arwain i'r cyntedd a'r drws ffrynt a'r llall i'r gegin.*

NATURIOL neu ABSẂRD

Yn y ddrama, fel yn y stori fer a'r nofel ceir dwy ffrwd o ysgrifennu; y naill yn realaidd neu'n naturiolaidd a'r llall yn llai realaidd. Y term a ddefnyddir am ddramâu afrealaidd yw 'Theatr yr Absẃrd'. Er mai term diweddar ydyw, mae'r ffrwd llai realaidd yn mynd yn ôl i ddramâu satyr y Groegiaid. Nid dramâu naturiolaidd oedd anterliwtiau Twm o'r Nant.

Drama naturiolaidd yw *Diwedd y Saithdegau* gan Gareth Miles. Mae'r llen yn codi ac o flaen ein llygaid gwelwn ystafell a chelfi cyffredin ynddi, lluniau ar y wal, cadeiriau, diodydd, set deledu. Yna mae'r actorion yn dechrau siarad ac ymddwyn yn naturiol. Mae'r dramodydd yn ceisio'n twyllo i gredu ein bod ni'n edrych ar bobl yn byw eu bywydau, fel edrych drwy ffenestr, er nad yw'r bobl hyn yn gwybod amdanon ni'r gynulleidfa.

Mewn dramâu llai naturiolaidd mae'r celfi yn brin, weithiau does dim celfi na phropiau o gwbl. *'Llwyfan gwag'* yw'r disgrifiad o'r llwyfan ar ddechrau drama John Gwilym Jones, *Yr Adduned*. Weithiau nid yw'r actorion i fod i ymddwyn yn naturiol o gwbl. Yn *Hanes Rhyw Gymro* gan John Gwilym Jones eto daw'r Trempyn i flaen y llwyfan a dechrau siarad â'r gynulleidfa. Nid yw dramâu o'r fath yn ceisio'n twyllo ni am eiliad ein bod ni'n gweld bywyd real ar y llwyfan. Serch hynny mae'r dramâu hyn yn dweud rhywbeth am fywyd mewn llun neu symbol.

Weithiau gall y llwyfan ymddangos yn ddigon realistig ond wrth i'r actorion ddechrau siarad byddwn yn sylweddoli nad yw'r ddeialog yn dilyn trefn sgwrs arferol, nid yw'r geiriau'n gwneud synnwyr. Ceir enghraifft wych o hyn yn y ddrama fer, *Yn y Trên*, gan Saunders Lewis. Mae'r teithiwr di-enw wedi dod ar y trên ac mae'r gard yn dod i gasglu tocynnau; dyma'r unig gymeriadau yn y ddrama hon. Dyma ddarn o'r ddrama:

> **TEITHIWR:** Eisteddwch, os gwelwch chi'n dda. Bydd yn hyfryd gen i gael eich cwmni chi.
>
> **GARD:** Wel, am funud, syr. Wedyn at 'y ngwaith. Casglu tocynnau rwyf i.

TEITHIWR:	Diar. Diddorol. Fel casglu stampiau, ie? Oes gennych chi gasgliad da, casgliad gwerthfawr?
GARD:	(*dan isel chwerthin yn foesgar*) Y Llywodraeth sy'n cael y gwerth, nid fi.
TEITHIWR:	Wyddoch chi, peth rhyfedd ydy'r chwiw casglu yma. Mae pob math ohonon-ni. Rydw innau'n gasglwr hefyd.
GARD:	Be' fyddech chi'n ei gasglu, syr?
TEITHIWR:	Nid tocynnau trên.
GARD:	Mi'ch creda i chi'n rhwydd.
TEITHIWR:	Ceisiwch ddyfalu.
GARD:	Ydych hi'n gyrru car, car modur?
TEITHIWR:	Nac'dw wir. Meddwl 'y mod i'n casglu ceir?
GARD:	Nage. Nid hynny'n gymwys. Meddwl y gallai'ch bod chi'n casglu gwysion plismyn.
TEITHIWR:	Fuoch chi'n eistedd neu'n gorwedd mewn glaswellt erioed? Yn y caeau acw? Welwch chi nhw?

Ac yn nes ymlaen yn y ddrama:

GARD:	A rhaid imi gychwyn ar fy ngwaith. Ga' i weld eich tocyn chithau, syr?
TEITHIWR:	Tocyn? Chi sy'n casglu tocynnau. Dyna ddwedsoch chi, 'nte?
GARD:	Dyna 'ngwaith i.
TEITHIWR:	Tocyn trên, ie?
GARD:	Tocyn trên, syr.
TEITHIWR:	Ond fedra i mo'ch helpu chi. Chesglais i rioed monyn-nhw.

GARD:	Tocyn i'r daith hon, syr, y trên yma.
TEITHIWR:	Oes eisiau tocyn i'r trên yma?
GARD:	Mae'n rhaid wrth docyn i deithio.
TEITHIWR:	Rydw innau'n teithio.
GARD:	Does dim dwywaith.
TEITHIWR:	Ond does gen i ddim tocyn.

Ymarfer:

Ysgrifennwch ddrama fer naturiolaidd
gyda dau ddieithryn yn cwrdd mewn trên.

Poster cynhyrchiad
Theatr yr Ymylon o
Blodeuwedd yn 1975.
Christine Pritchard yn
chwarae rhan
Blodeuwedd.

40

Dramodwyr Cymru

Saunders Lewis (1893–1985)

Saunders Lewis oedd y dramodydd cyntaf o bwys i ysgrifennu yn Gymraeg yn yr ugeinfed ganrif. Cyn Saunders Lewis roedd dramâu Cymraeg wedi mynd yn gonfensiynol a di-ddychymyg. Felly daeth ei waith ef fel awel iach newydd i'r theatr yn y Gymraeg.

Yn ei ddrama, *Blodeuwedd,* aeth Saunders Lewis yn ôl at hen chwedlau'r Mabinogi. Y prif gymeriad yn y ddrama hon yw Blodeuwedd, y ferch a luniwyd o flodau gan y dewin Gwydion i fod yn wraig i Llew Llaw Gyffes. Ond mae Blodeuwedd yn cwympo mewn cariad â Gronw Pebr ac yn cynllwynio i ladd Llew.

Mae Saunders Lewis yn dangos Blodeuwedd fel creadur heb gyfrifoldeb, heb wreiddiau. O fwriad ysgrifennodd y ddrama hon mewn iaith debyg i farddoniaeth ac iaith debyg i hen iaith er mwyn rhoi naws chwedlonol i'r gwaith.

Yn y dyfyniad isod o'r ddrama, mae Blodeuwedd yn siarad â'i morwyn, Rhagnell, ac yn sôn am ei hunigrwydd: wedi'r cyfan nid menyw go-iawn mohoni, ond menyw o flodau:

BLODEUWEDD: Na, na. Nid ofni dynion
Yr wyf. Ond ofni gwacter, ofn unigedd.
Fe aeth fy arglwydd ymaith.

RHAGNELL: Beth yw hyn?
Mi'th glywais droeon yn dymuno ffoi,
A'th felltith ar y gŵr a'th wnaeth yn briod:
Pa newid ddaeth?

BLODEUWEDD: O, ni ddeelli fyth,
Fyth, fyth, fy ngofid i, na thi na neb.
Wyddost ti ddim beth yw bod yn unig.
Mae'r byd i ti yn llawn, mae gennyt dref,
Ceraint a theulu, tad a mam a brodyr,
Fel nad wyt ti yn ddieithr yn y byd.

Drama hanes yw *Blodeuwedd*, neu ddrama sy'n edrych yn ôl i'r gorffennol. Mae hyn yn wir am ddramâu eraill gan Saunders Lewis fel *Siwan, Amlyn ac Amig,* a *Branwen.* Yn ôl Saunders Lewis ei hun nid 'ailadrodd stori'r Mabinogi' sydd yn y ddrama fer, *Branwen,* ond gwelir ynddi holl gymeriadau pwysig y chwedl.

Mae rhai o ddramâu Saunders Lewis yn gyfoes, yn dangos digwyddiadau yn y byd diweddar, er enghraifft, *Gymerwch Chi Sigarét?* a *Cymru Fydd.* Yn *Cymru Fydd,* mae'r prif gymeriad, Dewi, yn dianc o garchar ac yn cuddio yn nhŷ ei rieni. Mae ei dad yn bregethwr a pheth pwysig yn y ddrama yw'r newid sy'n digwydd mewn cenhedlaeth gan ei gwneud hi'n anodd i dad a mab ddeall ei gilydd. Mae Dewi yn trafod y broblem hon gyda'i fam Dora yn y darn canlynol:

DEWI: Dyna wnes innau bore heddiw. Yn fab y mans a phlentyn yr ysgol Sul mi gerddais allan. A dydw i ddim yn mynd yn ôl yno'n oen bach er mwyn i Dad gael ei weld ei hun yn ffonio'r plismyn fel Abraham yn mynd i offrymu Isaac.

DORA: Dwyt ti'n nabod dim ar dy dad.

DEWI: Mae hynny reit siŵr. Mae'r peth yn amhosib. Eithriad fod tad a mab yn deall ei gilydd fyth. Mae'r iaith wedi newid rhwng geni'r naill a'r llall.

Ymarfer:
Ysgrifennwch olygfa rhwng rhiant a phlentyn
neu
ysgrifennwch olygfa wedi'i gosod yn y gorffennol pell.
Cofiwch am y cyfarwyddiadau a'r propiau!

John Gwilym Jones (1904–1988)

Dramâu cyfoes yw rhai John Gwilym Jones i gyd ac eithrio *Hanes Rhyw Gymro*. Roedd e'n ddramodydd arbrofol iawn. Dramâu naturiolaidd oedd ei weithiau cynnar â'r llwyfan wedi'i osod yn fanwl gyda chelfi tebyg i ystafelloedd mewn tŷ go-iawn.

Yn *Y Tad a'r Mab* mae'n trafod yr un thema â Saunders Lewis yn *Cymru Fydd*, sef annealltwriaeth rhwng dwy genhedlaeth. Ond mae yna wahaniaeth. Yn nrama John Gwilym Jones mae'r tad yn wallgof, ac mae'n ceisio rheoli bywyd ei fab yn llwyr.

Meddyliwch am yr olygfa sy'n dilyn. Richard Owen yw'r tad yn y ddrama a Gwyn yw'r mab.

RICHARD OWEN: . . . Rydw i mor agos i ti â hynna! Mae popeth sy'n digwydd i ti yn digwydd i mi. Fedra i ddim meddwl amdan fy hun ar wahân i ti . . .

GWYN: Ond mae'r peth yn afiach . . . dydi o ddim yn naturiol.

RICHARD OWEN: Dwn i ddim beth am afiach, ond mae o'n ddigon naturiol ne' fasa fo ddim yn digwydd. Ers talwm pan oeddet ti'n blentyn roedd petha'n wahanol. Yr adeg honno y fi oedd popeth iti . . . doedd 'na neb ond y fi yn bod . . . Ar fy ôl i ym mhobman . . . rhuthro amdana'i . . . gafael yn dynn am fy ngwddw i.

Er bod *Y Tad a'r Mab* yn ddrama naturiolaidd, mae'r dramodydd yn dechrau arbrofi. Mae'n defnyddio Llais sy'n siarad â'r cymeriadau ar y llwyfan ambell waith. Mae'r ddrama yn dechrau ac yn dod i ben gyda'r Llais yn siarad. Dywed y cyfarwyddiadau llwyfan ar ddechrau'r ddrama:

Mae'r Llais heb fod yn y golwg, yn ddigon agos i ddrws y ffrynt i wneud sgwrs â'r rhai sy'n mynd a dod i'r tŷ.

Un o ddramâu gorau'r Gymraeg yw *Hanes Rhyw Gymro* gan John Gwilym Jones. Drama am fywyd y llenor Morgan Llwyd yw hi, drama am yr ail ganrif ar bymtheg. Ond mae'n llawn cymeriadau amrywiol ac mae'r dramodydd wedi rhoi i bob un o'r cymeriadau hyn ei ffordd arbennig ei hun o siarad. Drama wych i'w llwyfannu mewn ysgol neu goleg fyddai hon oherwydd mae digon o rannau ynddi ar gyfer nifer go fawr o actorion.

Yn y darn sy'n dilyn, mae tri chymeriad yn siarad; sylwch ar y gwahaniaethau yn iaith y tri.

SIENCYN:	Be ddwetsoch chi oedd ei enw fo, Mistar Powell?
POWELL:	Oliver Cromwell.
SIENCYN:	(*yn llawn edmygedd*) Oliver Cromwell.
POWELL:	Oliver Williams yn iawn ond fod ei daid o wedi newid ei enw. Cymry oedden nhw o Sir Forgannwg.
MORGAN:	Oes gynno fo rywbeth i'w ddweud wrth Gymru?
POWELL:	Oes, Morgan (*yn tynnu dogfen o'i boced*). Wyddost ti be sy gen i'n fan 'ma? Cais am i ti fynd gynta medri di yn gaplan i fyddin *Sir* Thomas Middleton yn *Oswestry*.

44

MORGAN:	(*yn gynhyrfus o lawen*) Cellwair rwyt ti.
POWELL:	Darllen o . . . (*Morgan yn gwneud hynny*).
SIENCYN:	Sut un ydi o?
POWELL:	Oliver? Hyll, Siencyn, hyll. *Wart* fawr ar ei wyneb o.
SIENCYN:	*Wart?*
MORGAN:	(*yn codi'i ben o'i ddarllen*) Dafad mae o'n feddwl.
POWELL:	Dafad?
MORGAN:	Dyna be mae pobol Sir Feirionnydd yn eu galw nhw'n te, Siencyn?
SIENCYN:	Wel, deudwch wrtho fo am gymryd y llefrith hwnnw sy mewn coes blodyn piso'n gwely a'i roi o arni hi . . . does na ddim byd tebyg iddo fo am ladd defaid.

Hyd yn oed yn y darn bach hwn mae'n glir taw dyn cyffredin yw Siencyn, sy'n siarad yn blaen, ond mae tipyn o lediaith gyda Powell sy'n dweud *Sir* yn lle Syr ac *Oswestry* yn lle Croesoswallt a *wart* yn lle dafad. Mae iaith Morgan yn bont rhwng y ddau.

Ymarfer:
Ysgrifennwch ddrama fer neu sgets yn dangos tri pherson a cheisiwch roi iaith wahanol I bob un.
Cofiwch y cyfarwyddiadau a'r propiau!

Yn aml iawn bydd llenor yn defnyddio atgofion am ei fywyd ei hun, a dyna beth mae John Gwilym Jones yn ei wneud yn ei ddrama, *Ac Eto Nid Myfi*. Nid yw hon yn ddrama hollol naturiolaidd chwaith. Ychydig o gelfi sydd ar y llwyfan ac mae'r cymeriadau yn symud drwy amser a thrwy wahanol gyfnodau yn hanes bywyd Huw, y prif gymeriad. Weithiau bydd Huw yn siarad â'r gynulleidfa ac yna'n troi yn ôl at gymeriadau'r llwyfan ac yn cario ymlaen â'r chwarae.

Sylwer yn y darn hwn ar y ddeialog fywiog, gyflym.

HUW:	(*wrth y gynulleidfa*) Roedd bywyd yn nhŷ Nain yn gadair esmwyth yn rhoi yn braf odanoch chi. (*wrth Nain*) Ga' i fynd at yr afon?
NAIN:	Cei.
HUW:	Ga' i fynd i Gefnrhengwrt?
NAIN:	Cei.
HUW:	Ga' i fynd i nôl *Cymru Plant* o'r daflod?
NAIN:	Cei.
HUW:	Ga' i beidio â mynd i'r capel bore Sul?
NAIN:	Cei.
HUW:	Ga' i fynd i dŷ Mary Jones?
NAIN:	Cei.
HUW:	Ga' i fynd i helpu corddi yn drws nesa?
NAIN:	Cei.
HUW:	Ga' i fynd i chwilio am wya?
NAIN:	Cei.
HUW:	Ga' i fynd i ddringo coed?
NAIN:	Cei.
HUW:	Ga' i nionod wedi'u ffrio i ginio?
NAIN:	Cei.
HUW:	Ga' i fynd i chware efo Sam?
NAIN:	Na chei.
HUW:	(*wrth y gynulleidfa*) Roedd 'na derfyna'.

Yn y darn hwn mae'r actor sy'n chwarae Huw yn cogio bod yn blentyn bach. Yn nes ymlaen yn yr un ddrama mae'n cymryd arno fod yn ddyn ifanc. Dim ond y ddeialog a'r actio sy'n cyfleu'r newidiadau hyn.

Gwenlyn Parry (1932–1991)

Enghraifft dda o'r newid a ddigwyddodd ym myd y theatr o ganol y ganrif hon ymlaen yw *Saer Doliau* o waith Gwenlyn Parry.

Gadewch inni edrych ar ddarn o ddechrau'r ddrama honno:

MERCH:	(*yn nesu ato gan edrych o gwmpas yr ystafell*): Diddorol.
IFANS:	Be sy'n ddiddorol?
MERCH:	Yr olwg sydd ar y lle 'ma.
IFANS:	Golwg? O, wel ia, dyna fo da' chi'n gweld. Camargraff. Fel hyn yr ydw i wedi trefnu'r gweithdy — i fy siwtio i 'dach chi'n gweld. Mi wn i'n union ble mae pob peth.
MERCH:	Diddorol.
IFANS:	Be?
MERCH:	Chi, Mr Ifans. Rych chi'n ddiddorol iawn. I mi beth bynnag.
IFANS:	Ydw i'n ddiddorol i chi?
MERCH:	Wrth gwrs. Dyna pam yr ydw i yma.
IFANS:	(*yn methu gwybod sut i adweithio*): Hei, hei, clywch. Gwrandwch.
MERCH:	Ia?

IFANS:	Yn ddiddorol be da' chi'n feddwl?
MERCH:	Be da' chi'n feddwl?
IFANS:	Be dwi'n feddwl? Be da chi'n feddwl?
MERCH:	Be dach chi'n feddwl dwi'n feddwl?
IFANS:	Meddwl be yda' chi'n feddwl ydw i.
MERCH:	A be ydi hynny?

Mae'n anodd gwneud na phen na chynffon o ddarn fel hwn, on'd yw hi? Ond mae llawer o ddrama ynddo. Mae drama fel *Saer Doliau* yn dangos pa mor wag a dibwrpas yw ein sgwrs bob dydd. Mae'r iaith, weithiau, yn swnio fel nonsens. Nid yw'n hawdd gweld pwynt y ddrama nac i ble mae'r cymeriadau'n mynd o ddarllen y sgript fel hyn. O weld llwyfannu'r ddrama y daw'r gwrthdaro rhwng y cymeriadau a'r emosiwn sy'n cael ei greu i'r amlwg. Nid yw'r diwedd yn ateb y cwestiynau sy'n codi yng nghwrs y ddrama. Er bod elfen o ddoniolwch mewn drama fel *Saer Doliau* nid yw'n gomedi. Dyma enghraifft o Theatr yr Absŵrd, sy'n dod o'r gair Ffrangeg *'Absurde'*, Saesneg *'Absurd'*.

Mae nodweddion yr Absŵrd hefyd yn *Y Tŵr* gan Gwenlyn Parry eto. Mae'r ddrama hon yn anghyffredin iawn yn theatr Cymru. Dyma'r cyfarwyddiadau sy'n disgrifio'r llwyfan ar ddechrau'r ddrama:

Ystafell mewn tŵr cylchog. Nid oes rhaid iddo fod yn berffaith grwn; yn wir, gallai tŵr wythochrog fod yn fwy trawiadol. Mewn gwirionedd, ail ystafell y tŵr yw hon, ac y mae grisiau yn arwain i mewn iddi o'r ystafell islaw . . . Yn yr un modd mae grisiau eraill yn troelli i fyny i'r ystafell sydd yn union uwchben.

John Ogwen a Maureen Rhys yng nghynhyrchiad Cwmni Theatr Gwynedd o'r ddrama, *Y Tŵr*

48

Dyma lwyfan tri dimensiwn trawiadol iawn. Yng nghwrs y ddrama rydyn ni'n dysgu bod y tŵr ar y llwyfan yn symbol o fywyd a'r gwahanol loriau yn cynrychioli gwahanol amserau neu oedrannau mewn bywyd: ieuenctid, canol oed, henaint. Dim ond dau gymeriad sydd yn y ddrama hon, Gwryw a Benyw. Maent yn dechrau fel Merch a Llanc yn yr act gyntaf, yn mynd yn Ŵr a Gwraig yn yr ail act ac yn Hen Ŵr a Hen Wraig yn yr act olaf. Symbolau ydynt hwythau hefyd, symbolau o unrhyw wryw ac unrhyw fenyw.

Mae *Sal* yn ddrama fwy confensiynol ac, fel rhai o ddramâu Saunders Lewis a *Hanes Rhyw Gymro* gan John Gwilym Jones, mae'n seiliedig ar gymeriadau go-iawn a stori wir. Mae'r llwyfan yn agored a bron yn foel, tebyg i'r llwyfan yn *Hanes Rhyw Gymro*. Yn y ddrama hon ceir hanes Sarah Jacob, *'The Welsh Fasting Girl'*. Yr unig gelficyn o bwys ar y llwyfan yw'r gwely ac mae'r actores sy'n chwarae rhan y ferch yn aros yn y gwely hwn ar hyd y ddrama.

Meic Povey (1950–)

Un o ddramodwyr mwyaf cynhyrchiol y cyfnod hwn yw Meic Povey. Mae'n 'ddyn y theatr' yn llinach Shakespeare, Twm o'r Nant ac O'Neill yn yr ystyr iddo gymryd rhan ym mhob agwedd ar fywyd theatrig: bu'n actor ac yn gyfarwyddwr, yn ogystal â bod yn ddramodydd. Mae wedi ysgrifennu dros ugain o ddramâu, yn eu plith *Y Cadfridog*, *Gwaed Oer* a *Bonansa!*.

Mae ei brif themâu yn debyg i rai John Gwilym Jones, sef rhagrith ac euogrwydd. Fel arfer, bydd ei ddramâu'n delio â phroblemau bywyd cyfoes mewn ffordd realaidd. Yn *Bonansa!*, er enghraifft, mae'n dramateiddio'r obsesiwn cenedlaethol, sef y lotri. Dengys y darn o'r ddrama honno sy'n dilyn ddawn Meic Povey i gadw nifer o gymeriadau ar y llwyfan yr un pryd:

(Cymeradwyaeth ar y teledu bocs a'r "Countdown"
yn cychwyn.

Yr isod yn ystod y "Countdown":)

ANWEN: Ma' ar dad a chi ffiffti wan pî yr un i mi!

BOB: Wyddat ti dy fod ti'n fwy tebygol o gael hartan tra
mae'r peli'n gollwng, nag wyt ti o ennill . . . ?

ROSINA: Duda fwy am y peli'n gollwng . . .

IORI: Gweddïwn, bawb! O Dduw hollalluog, yr hwn wyt yn
y lotyri fawr yn yr awyr . . . ! Fi wsnos yma, plîs!!
(A chanu i'r dôn "HERE WE GO")

"Wy a tsips, wy a tsips, wy a tsips . . . !
Wy a tsips, wy a tsips, wy a tsi-ips!!"

(Yn ystod yr uchod, bu ANWEN yn ysgrifennu y
rhifau i lawr ar dop y papur cais.)

RHYDIAN: Sai rili moyn e. Ddim rili.

IORI: "Moyn"! Ia, go lew! Gair da 'di'r "moyn" 'ma! 'Le doth
o dwch? Mae o'n ddiarth i ni ffor'ma . . .

(Yn ystod yr uchod, wedi cwblhau y dasg o nodi'r
rhifau, â ANWEN i syllu yn gegrwth ar y teledu bocs
a'r papur cais yn ei llaw bob yn ail. Yna, yn araf-
symudol bron, llithra oddi ar fraich y soffa a landio
mewn llewyg yn un swpyn ar y llawr.)

ROSINA: Nefi wen! Anwen? Anwen!

BOB: Be'di matar; drygs?

IORI: Beidio iddi fod yn y botal sieri?

ROSINA: Dydi ddim yn yfad alca-hôl, y llwdwn!

(ROSINA wedi penlinio a chodi ANWEN ar ei
heistedd. ANWEN yn dal â'i llygaid ar gau ond yn
ceisio mwmial rhywbeth.)

IORI: Ydi'n iawn . . . ?

50

ROSINA: Wedi ecseitio'n lân ma'r hogan. Rhydian . . . ? Fasa ots gynochi? A' i nôl diod o ddŵr iddi . . .

IORI: Mi a' inna' i neud o, cyn 'ni gychwyn . . .

ROSINA: Rhydian . . . ?

RHYDIAN: Y . . . ie. O-cei.

(*RHYDIAN yn penlinio, cymryd ANWEN yn ei freichiau. Â IORI allan drwy'r fynedfa chwith, ROSINA drwy'r cefn.*

Wrth i ANWEN syrthio, llithrodd y papur cais o'i llaw. Yn ystod yr uchod, yn weddol ddi-daro, BOB yn ei godi ac edrych arno. O dipyn i beth cynydda ei ddiddordeb, nes iddo yn y diwedd symud yn gorfforol oddi wrth y prif chwarae, iddo gael amser i feddwl. Bron yn syth, gwelwn ef yn cynllwynio yn feddylgar.

ANWEN yn agor ei llygaid; araf sylweddoli ei bod ym mreichiau RHYDIAN.)

ANWEN: O, Rhydian! (*A disgyn i lewyg eto.*)

(*Nid yw RHYDIAN yn talu gormod o sylw, gan iddo sylwi ar BOB gyda'r papur cais, ac yn enwedig ar y newid yn ei ymarweddiad.*

Mae'n codi, gan adael i ANWEN lithro o'i afael.)

RHYDIAN: Pip bach . . . ?

(*BOB yn gyndyn.*)

RHYDIAN: Plîs . . .

(*BOB yn rhoi y papur cais i RHYDIAN. RHYDIAN yn edrych arno ac yn araf-sylweddoli yr hyn mae BOB wedi ei sylweddoli. Am ennyd, teimlad greddfol o gyd-gynllwynio.*

ANWEN yn dechrau dod ati ei hun; IORI'n dod yn

*ôl i mewn yn cau ei falog; **ROSINA** yn ôl i mewn gyda chwpanaid o ddŵr.)*

IORI:	Pawb yn barod?
ROSINA:	Wyt ti'n well?
ANWEN:	Snowdon . . .
RHYDIAN:	*(Chwifio'r papur cais)*
	Rosina!
BOB:	*(Lled-blentynnaidd)*
	Fi ffendiodd o!
RHYDIAN:	Mae'r weddi wedi'i hateb!
BOB:	Fi cododd o!

*(Pawb ond **ANWEN** yn heidio o gwmpas **RHYDIAN** a'r papur cais.)*

ROSINA:	*(Sylweddoli; sgrechian yn orffwyll)*:
	Waaaaaaaaaaaaaaaaaaaaa!!!!!!!!!!!!!!!!!!!!!!!!!!
	Ydio'n wir?! Ydio'n wir?! Dudwch bod o'n wir rhywun!!
RHYDIAN:	Mae e'n wir!
BOB:	Mae o'n wir, Rosina! Mi 'dan ni gyd yn filion-êrs!

Sylwer ar yr holl symud yn y darn hwn a'r ddeialog gyflym fywiog rhwng y pum cymeriad. Mor wahanol yw hyn i ddeialog gytbwys rhwng dau fel y'i ceir yng ngwaith rhagflaenwyr Meic Povey yn y theatr Gymraeg. Sylwch hefyd ar yr elfen o hiwmor sydd yn cario'r uchod yn ei flaen.

Llinell Amser Y Ddrama

DYDDIAD

Cyn Crist

6ed ganrif	Barddoniaeth wedi'i chyfansoddi ar gyfer corau gyda dawnswyr a chantorion, Groeg.
5ed ganrif	Dramâu Aischulos, Soffocles, Euripedes.
2il ganrif	Comedïau Lladin Plautus a Terens.
Oed Crist	Dramâu Lladin Seneca.
800–899	Dramâu corawl yn datblygu yn y gorllewin.
1100–1199	Y dramâu miragl cynharaf, Lloegr a Ffrainc.
1200–1299	*Jongleurs* yn Ffrainc; dramâu miragl yn lledu drwy Ewrop.
1300–1399	*The Harrowing of Hell*, drama firagl, Lloegr; dramâu *Nó* Siapan.
1400–1499	Dramâu Nos Ynyd a ffarsiau yr Almaen.
1500–1599	*Commedia dell'arte* drwy Ewrop; *Dr Faustus* Marlowe; *Tri Brenin o Gwlen. Y Dioddefaint a'r Atgyfodiad*, Cymru.
1600–1699	*Hamlet* Shakespeare; *Kabuki* Siapan; *Le Misanthrope* Moliére; cyfieithiad Cymraeg *Troelus a Chresyd*.
1700–1799	*She stoops to Conquer* Oliver Goldsmith; Twm o'r Nant.
1800–1899	*Tŷ Dol* Ibsen; *Owain Glyndŵr* Beriah Gwynfe Evans.
1900–	Un o gyfnodau mwyaf amrywiol a chynhyrchiol hanes y ddrama.

Dramodwyr Pwysig y Byd

Samuel Beckett (Iwerddon a Ffrainc): *Wrth Aros Godot, Diwéddgan*

Jean Genet (Ffrainc): *Y Balconi, Y Morynion*

Henrik Ibsen (Norwy): *Tŷ Dol, Hedda Gabler*

Luigi Pirandello (Yr Eidal): *Chwe Chymeriad yn Chwilio am Awdur*

August Strindberg (Sweden): *Miss Julie*

Anton Tshechof (Rwsia): *Y Gelli Geirios, Gwylan*

Tennessee Williams (America): *Y Werin Wydr*

Dramodwyr Eraill o Gymru

Siôn Eirian: *Wastad ar y tu Fas*

Geraint Lewis: *Y Cinio, Geraint Llywelyn*

Nan Lewis: *Y Gelyn Pennaf, Ni'n Dwy*

Eigra Lewis Roberts: *Byd o Amser*

Siân Summers: *Aderyn Bach Mewn Bocs Sgidiau*

Dyna amlinelliad o'r ddrama yn y theatr ac nid oes dim byd tebyg i'r profiad o weld drama dda, wedi'i chynhyrchu yn dda ac ag actorion da yn perfformio ynddi. Nid yw gweld drama ar y teledu nac yn y sinema yn debyg i hyn.

> **Ymarfer:**
> Ewch i weld drama mewn theatr.

Y Stori Fer

Y Stori Fer

Beth yw Stori Fer?

'Efallai mai'r cwbl y gallwn ei ddweud ydyw ein bod yn adnabod stori fer pan welwn hi,' meddai Kate Roberts am y ffurf lenyddol hon.

Gosodiad sydd yn dangos pa mor anodd yw hi i ddiffinio'r stori fer. Y tebyg yw bod llawer ohonom wedi darllen stori heb feddwl am ei diffinio, ac eto gwyddem ein bod yn darllen stori.

Hyd y Stori Fer

Mae'r term 'Stori **Fer**' yn awgrymu hyd arbennig.

Yn ei gyfrol *Sgweier Hafila a Storïau Eraill* mae T Hughes Jones yn dangos enghreifftiau o'r tri hyd posibl i stori:

> 'Sgweier Hafila', stori fer hir,
>> tua 10,000 o eiriau, tt. 7–39.
>
> 'Bargeinio', stori fer,
>> tua 2,500–3,000 o eiriau, tt. 40–6.
>
> 'Rhen Siaci', stori fer fer,
>> tua 700–1,000 o eiriau, tt. 46–8.

Dyma gyfle i chi ddarllen y stori fer fer honno.

'Rhen Siaci

Ar brynhawn o Fedi y gwelais 'Rhen Siaci y tro cyntaf. Yr oeddwn wedi bod yn aros gyda'm cefnder, ac wedi mynd am dro ar fy mhen fy hun cyn mynd adref drannoeth. Wrth gerdded ar hyd y ffordd fawr gwelwn beiriant clymu ysgubau a dynnid gan dractor yn gweithio yn y cae gerllaw. Pan ddeuthum at lidiart y cae arhosais i wylio'r gwaith; ni welswn beiriant tebyg o'r blaen, ac yr oedd rhyw swyn a chyfaredd i mi yn y cynaeafa anarferol. Disgleiriai'r gwenith tal yn yr haul cyn gwyro'n rheolaidd o flaen mawrhydi'r peiriant.

Wedi i'r peiriannau fynd o'r golwg yr ochr bellaf i'r cae trois i ffwrdd ac wrth droi gwelais hen ŵr lluniaidd yn f'ymyl, a chyn i mi ddod yn hollol dan hud y llygaid disglair dechreuodd ei stori. Stori o alar a gwae oedd hi: galar am y dyddiau a fu a gwae i'r dyddiau oedd i ddyfod. Fel yr adroddai ei stori am y newid a ddaethai dros y wlad deuai'r geiriau yn fyw o'm blaen, a gwelwn yn fy nychymyg ddyddiau'r cryman a'r bladur, campau'r medelwyr glew ar y maes drwy'r dydd, y merched yn rhwymo'r ysgubau, a'r miri gyda'r nos: yna yn y diwedd gwelwn ddyfod y peiriannau gan yrru'r llawenydd a'r chwerthin o'r meysydd ŷd. Toc nesaodd y peiriant atom; ond yr oedd wedi colli ei ogoniant i mi erbyn hyn, a meddyliwn gymaint gwell fyddai ceffylau gwedd na'r tractor stwrllyd. Yr oedd yr ysgubau ar wasgar fel lladdedigion maes brwydr, a'r peiriant fel rhyw anghenfil ofnadwy yn malurio'i ysglyfaeth yn y cae, ac nid yn y cae yn unig ond ymysg henwyr llesg mewn bythynnod unig.

Tua'r hwyr daeth storm o fellt a tharanau dros yr ardal a chawod genllysg gyda hi, ond fore trannoeth pan aeth fy nghefnder â mi i ddal y trên yr oedd yr haul yn tywynnu mor danbaid ag erioed. Wrth ddod at y cae cofiais am stori'r hen

ŵr a dywedais wrth fy nghefnder amdano. Edrychais ar y car
a dyna lle'r oedd y gwenith wedi'i guro i'r llawr gan y
cenllysg, a'r ffermwr a'i ddau fab yn hogi eu pladuriau i
wneud gwaith na fedrai'r peiriant ei wneuthur. Wrth y llidiart
gwelem Siaci yn myned i'r cae â'i bladur ar ei gefn. Cerddai
fel gorchfygwr mewn gorymdaith orfoleddus, a chyn i ni fynd
o'r golwg troes atom gan chwifio'r garreg hogi yn ei law.

Fflachiai'r haul ar ddur ei bladur, a gwyddwn fod
buddugoliaeth yn fflachio yn llygaid Siaci. Yng nghornel y
cae yr oedd peiriant clymu wedi ei orchuddio, fel rhyw hen
offeryn â chywilydd dangos ei wyneb mewn oes oleuedig.

"Rwyt yn cofio 'Rhen Siaci," meddai fy nghefnder mewn
llythyr ataf mewn rhyw wythnos wedyn, "fe fu farw ar ôl bod
yn medi drwy'r dydd. Yr oedd yn ormod iddo." Wrth gofio'i
wên yn mynd i'r cae y bore hwnnw gwyddwn mai nid fel
gorchfygedig yr aethai Siaci o'r byd ond fel proffwyd a
welsai'r Oes Aur yn dod yn ôl.

* *

Trafodaeth:

Cyhoeddwyd y stori hon gyntaf yn 1941.

- Beth yw pwynt y stori hon?

- Ydy hi'n stori henffasiwn? Os felly, ym mha ffordd?

- Ydy hi'n enghraifft dda o stori fer fer?

- Pam mae'r dyn yn rhyfeddu at y peiriannau?
  Sylwch ar y cymariaethau hyn:

    'fel lladdedigion maes brwydr';

    'fel rhyw anghenfil ofnadwy yn malurio'i ysglyfaeth';

    'fel gorchfygwr mewn gorymdaith orfoleddus';

    'fel rhyw hen offeryn â chywilydd dangos ei wyneb
    mewn oes oleuedig'.

58

- Pam mae'r dyn yn meddwl am 'Rhen Siaci fel proffwyd?

- Oes neges yn y stori hon i ni heddiw?

Ymarfer

Ysgrifennwch bwt o stori fer fer — heb fod yn fwy na 700 o eiriau.

Mae'r stori fer yn dipyn o benbleth, felly. Ond daw un peth yn glir: nid wrth fesur ei hyd y gellir dweud beth yw stori fer; nid wrth gyfrif geiriau chwaith. Mae'r term 'stori fer' braidd yn gamarweiniol. Byddai 'stori' ar ei ben ei hun yn well enw ar y ffurf, efallai.

Ond, ceir storïau yn y Mabinogi, stori Branwen a stori Pwyll, a cheir storïau eraill o'r canol oesoedd, *Culhwch ac Olwen* a *Breuddwyd Rhonabwy*, er enghraifft. Ond mae'r storïau hyn yn wahanol i'r hyn yr ydyn ni'n eu hadnabod fel storïau byrion heddiw. Maent yn debycach i chwedlau ac i lên gwerin.

Mae'n amlwg, felly, mai rhywbeth yn y stori ei hun sy'n peri ei bod hi'n stori fer lenyddol. A oes unrhyw nodweddion mewnol neu hanfodol sy'n perthyn i'r ffurf hon yn unig? A oes rhestr o reolau na all awdur stori fer eu torri?

Cyn inni edrych ar sawl cynnig i ateb y cwestiynau hyn gwell inni gofio sylw arall gan Kate Roberts:

'Cyn gynted ag y ceisiwn roi diffiniad gallwn enwi stori dda sy'n torri'r rheol'.

Kate Roberts yn ei henaint

Rheolau Stori Fer?

Gadewch inni edrych nawr ar ymgais ambell feirniad i osod 'rheolau' ar gyfer y stori fer:

'Gwelir, felly, y pwysleisir dewis y deunydd, a ffiniau'r deunydd hefyd, i ddarlunio un sefyllfa neu amgylchiad neu weithred (a hwnnw gan amlaf yn ddramatig, neu wedi ei wneud felly), ac i greu un argraff neu effaith . . .'

T H Parry-Williams

Ond nid yw'r diffiniad hwn yn dal dŵr. Ceir stori fer hir gan Gustave Flaubert, sef *Calon Seml*, ac ynddi adroddir hanes bywyd hir Félicité sy'n cynnwys llawer o sefyllfaoedd, amgylchiadau a gweithredoedd. Mae'n stori sy'n creu sawl argraff a sawl effaith.

Yn y stori fer, *Y Ferch a'r Ci Bach,* gan Anton Tshechof mae'r amser yn newid, y lleoliad yn newid a'r awyrgylch yn newid sawl gwaith. Gellid dadlau bod y newidiadau hyn yn digwydd yn 'organig', ond rhan o effaith y stori fyd enwog hon yw'r newidiadau chwyrn sy'n digwydd ynddi.

'Rhaid i'r defnyddiau ddod o'r byd, y byd fel y bu, neu fel y mae, neu fel y gall fod yn y dyfodol . . .'

T Hughes Jones

Ond yn un o storïau pwysicaf y ganrif, sef *Y Trawsffurfiad* gan Franz Kafka, mae dyn yn deffro un bore wedi'i droi'n chwilen fawr. Nid oes dim fel yna wedi digwydd, yn digwydd nac yn debygol o ddigwydd yn y dyfodol.

Ond o'm rhan fy hun y darlun byw o'r person neu'r personau ar y cefndir o fewn y ffrâm yw'r peth pwysicaf o ddigon.'

D J Williams

Ond ni cheir 'personau' mewn rhai storïau byrion, fel y cawn weld yn nes ymlaen.

Diben yr enghreifftiau uchod yw dangos **nad oes unrhyw 'reol'** na all y llenor dawnus ei thorri. Ceir eithriadau i bob diffiniad o'r stori fer.

Mewn geiriau eraill, ffolineb yw ceisio cyfyngu'r stori fer i unrhyw ddisgrifiad caeth. Ffurf hyblyg, yn llawn posibiliadau yw'r stori fer, ffurf y gellir creu amrywiadau di-ben-draw iddi.

Diffiniadau

Wrth feddwl am y ffurf lenyddol hon, felly, y diffiniadau mwyaf penagored yw'r rhai mwyaf defnyddiol. Ac mae'n well gwrando ar eiriau llenorion cydnabyddedig sydd wedi ysgrifennu a chyhoeddi nifer o storïau llwyddiannus.

'Gall stori fer fod yn unrhyw beth y penderfyna'r awdur iddi fod.'

H E Bates

'Nid wrth ei gynffon mae adnabod mochyn, ac nid wrth y tro ar y diwedd y mae adnabod stori fer. Ei ffordd arbennig o ddal talp o brofiad yn gynnil ond yn gyfoethog sy'n gwneud y stori fer yn ffurf mor nodedig, a'r profiad cyfan sy'n ysgwyd y darllenydd.'

Jane Edwards

Y mae'r maes, felly, mor eang â dyn a'r byd.'

T H Parry-Williams

'Mae'r stori fer yn rhoi mynegiant i ymwybyddiaeth
ddwys o unigrwydd dynol.'
Frank O'Connor

Nid oes dim **rheolau** i'r stori fer, felly. Gall yr awdur drefnu'i ddeunydd yn ôl ei ddymuniad ei hun. Ond gadewch inni ystyried y gwahanol ddulliau o lunio stori fer.

Safbwynt

Un o'r penderfyniadau cyntaf y mae'n rhaid i lenor ei wneud yw dewis o ba safbwynt i adrodd neu gyflwyno'r stori.

PERSON	UNIGOL	LLUOSOG
Cyntaf	FI	NI
Ail	TI	CHI
Trydydd	EF/HI	HWY/NHW

Y Person Cyntaf

Dyma un o'r safbwyntiau mwyaf poblogaidd. Cyflwynir y stori o safbwynt unigolyn sy'n siarad am ei brofiadau ei hun. Ceir enghraifft yn *Crio Chwerthin* gan Bobi Jones. Mae'n dechrau fel hyn:

Heddiw yr wyf yn fachgen bach.

Yr wyf mewn gweirglodd ddofn yn Llanedeyrn y tu allan i Gaerdydd lle mae yna filltiroedd o gaeau glas. Mae'r awyr yn ddisglair bur uwchben ac o gylch y gorwel. Gellwch bron glywed yr heulwen yn tasgu drwy'r awel.

O'r ffarm hon y mae ein dyn llaeth ni'n dod.

Yr wyf yn rhedeg at fy mam a thaflu fy mreichiau o amgylch ei gwddf.

Nid oes gennyf na gorffennol na dyfodol.

Dyna ffurfiau'r person cyntaf: *yr wyf, fy, fi, gennyf, minnau,* ac yn y blaen. Edrychir ar y byd drwy lygaid yr unigolyn hwn ac o'r canolbwynt hwnnw yn unig. Bydd stori yn y person cyntaf weithiau yn cymryd ffurf monolog neu ymson.

Ymarfer:

Ysgrifennwch stori fer fer, rhyw 500 o eiriau, o'ch safbwynt chi eich hun, am rywbeth sydd wedi digwydd i chi yn ddiweddar. Cofiwch mai'r person cyntaf unigol fydd yn siarad.

Y Trydydd Person

Mae'r awdur yn cyflwyno stori am rywun arall neu rywrai eraill. Mantais y safbwynt hwn yw bod yr awdur yn gallu cymryd arno ei fod yn gweld, yn clywed, ac yn gwybod popeth. Saif yr awdur uwchben y cyfan, fel petai, fel rhyw fath o dduw.

Dyma ddechrau stori gan Meleri Wyn James, *Tagu*:

Doedd e ddim wedi bwriadu ei lladd, er mai go brin y byddai unrhyw un yn credu hynny erbyn hyn. Roedd 'na olwg ofnadwy arni, yn ôl y plismon ifanc a fu'n ei holi, er nad oedd e ddim wedi gwrando rhyw lawer arno fe chwaith. Roedd hi'n anodd, a dweud y gwir, i John ganolbwyntio ar fanylion dibwys y llofruddiaeth. Rhywbeth yn y gorffennol oedd hwnnw.

Ac roedd 'na lawer o smotiau coch ar wyneb y cwnstabl a atgoffai John o'r llyfrau dotiau roedd ei fam wedi'u prynu iddo un tro pan oedd e'n fachgen bach.

64

Dyna ffurfiau'r trydydd person: *e, ei, roedd, –ai, –odd,* ac yn y blaen. Gwêl yr awdures y cymeriad hwn, John, nid yn unig o'r tu allan ond hefyd o'r tu mewn, fel petai. Gŵyr fod mam John wedi prynu llyfr dotiau iddo pan oedd yn blentyn, gŵyr ei deimladau a beth sydd wedi digwydd iddo. Sut y gŵyr y pethau hyn ni chawn wybod ac, a dweud y gwir, nid yw'n berthnasol i'r stori.

Ymarfer:

Ysgrifennwch stori fer fer, rhyw 500 o eiriau, am rywun arall. Cofiwch, rydych chi'n gwybod **popeth** am y person hwnnw.

Ond byddwch yn ofalus wrth ddarllen stori neu nofel yn y person cyntaf neu yn y trydydd person; anaml iawn y bydd y 'fi' yn cynrychioli'r awdur ei hun ac anaml iawn hefyd y bydd y 'llais' sy'n sôn amdano 'fe' neu amdani 'hi' yn y trydydd person, yn cynrychioli llais yr awdur.

Wedi sôn am y person cyntaf a'r trydydd person, mae safbwyntiau eraill yn brin iawn, a dweud y gwir. Anghyffredin yw storïau yn yr ail berson unigol, *ti*, neu yn yr ail berson lluosog, *chi*. Gellid galw storïau o'r fath yn 'storïau cyfarchol' gan eu bod yn cyfarch y darllenydd o hyd. Ceir enghraifft yn stori Bobi Jones, *Cusanau Ffarwel*. Dyma ran ohoni:

Yr odd**ech** wedi pennu'r ffin rhwng Lloegr a Chymru yn fan addas ar gyfer **eich** pryd cyntaf. Gan **ichi** frecwesta'n gynnar, a chymryd mwy o amser nag a ddisgwyliwyd ar gyfer pacio'r car, yr odd**ech chi**'r oedolion yn hen barod ar gyfer bwyd. A pha le mwy priodol ar gyfer bwyta na'r man hwn lle bu'**ch** cyndeidiau'n gwarchod eu tiroedd a'u bywoliaeth derfynol? Ond arall oedd ymagwedd reddfol y plantos, mae'n rhaid. Nid lle i wledda yw ffin.

A **chithau** wedi'**ch** atal dros dro rhag y pryd arfaethedig, fe gododd archwaeth **ynoch** fwyfwy, ac anodd oedd myfyrio am undim arall.

Defnyddir yr un dull gan Carlos Fuentes yn ei stori fer hir, *Aura*, ond yr effaith yn y pen draw yw'r teimlad mai stori yn y person cyntaf yw hi ac mai rhyw 'fi' mewn gwirionedd yw'r 'chi' y cyfeirir ato.

Ymarfer:

Ysgrifennwch stori fer fer, rhyw 500 o eiriau, fel petaech chi'n siarad â rhywun arall ac yn ei gyfarch fel *ti*.

Yn dechnegol gellir adrodd storïau o safbwynt *ni*, sef y person cyntaf lluosog, a hyd yn oed *nhw*, y trydydd person lluosog.

Ymarfer:

Edrychwch ar dair stori fer a dywedwch o ba safbwynt y mae'r stori yn cael ei chyflwyno.

Newid Safbwynt

Mae'r awdur yn gallu newid safbwynt o fewn fframwaith yr un stori. Er enghraifft, mae rhai storïau yn dechrau yn y person cyntaf, yna yn nes ymlaen bydd cymeriad arall yn adrodd stori wrth y person cyntaf hwnnw (eto yn y person cyntaf, wrth gwrs). Defnyddir y dull hwn ar gyfer storïau arswyd yn aml iawn, er enghraifft, yn storïau M R James.

John Gwilym Jones

Yr enghraifft orau (a'r fwyaf cymhleth) o newid sabwynt y gwn i amdani yw *Y Briodas* gan John Gwilym Jones. Gwasanaeth priodas yw fframwaith y stori ac ynddi symudir o gymeriad i gymeriad yn y briodas ac rydyn ni'n 'clywed' meddyliau'r cymeriadau yn siarad yn y person cyntaf. I ddechrau, ceir llais y gweinidog ac yna ei feddyliau, wedyn tad y briodasferch, y priodfab, y briodasferch ei hun, dyn sy'n gwylio'r seremoni ac yn caru'r briodasferch yn gyfrinachol yn ei galon, chwaer y briodasferch, a gweinidog arall. Dyna saith safbwynt o fewn un stori fer o ryw 2,500 o eiriau.

Weithiau ceir stori ar ffurf sgwrs neu ymgom rhwng dau gymeriad, heb unrhyw draethiad (hynny yw, y darnau sy'n dweud 'meddai hi', 'cerddodd ef', ac yn y blaen). Bydd stori o'r fath yn ymylu ar fod yn sgript ddrama a chyflwynir dau safbwynt a all fod yn hollol groes i'w gilydd.

Ymarfer:

Ysgrifennwch stori fer, 1,000–1,500 o eiriau, yn gyfan gwbl ar ffurf sgwrs rhwng dau gymeriad.

Ym mhob un o'r enghreifftiau hyn mae'r awduron yn cyflwyno'u deunydd fel llais neu leisiau sy'n siarad â'r darllenydd. Mae yna ffordd arall. Gellir dweud y stori ar ffurf sy'n cymryd arni fod yn ddogfen o ryw fath. Yr enghreifftiau gorau yw storïau ar ffurf llythyrau neu ddyddiadur.

Dyddiadur yw ffrâm *Brwydro Efo'r Nadolig* gan Kate Roberts a'i stori fer hir, *Stryd y Glep*; *Gwyliau'r Gwanwyn* gan Aled Islwyn; a'm stori innau, *Claddu Wncwl Jimi*, sy'n cynnwys dyddiadur o fewn y dyddiadur sy'n ffrâm i'r stori.

Mae llythyrau yn fwy cyffredin na dyddiadur mewn storïau byrion fel yn achos *Saludos De Patagonia* gan Wiliam O Roberts; *Alltud* gan Aled Lewis Evans; a *Correspondence* gan Carson McCullers. Weithiau, dim ond un ochr yr ohebiaeth a geir, fel yn y ddwy enghraifft olaf.

Wrth gwrs, ffug ddogfennau yw'r llythyrau a'r dyddiaduron hyn, ond amcan y llenor yw rhoi'r argraff inni ein bod yn darllen dyddiadur neu lythyr go iawn. Mae'n rhoi gwedd realaidd i'r testun.

Ffug ddogfennau eraill a ddefnyddir yw'r hunangofiant, fel yn achos stori Wiliam O Roberts yn *Hunangofiant (1973–1987)*; yr erthygl neu'r cyfweliad fel yn *Priodas Hapus* gan Jane Edwards; a'r ysgrif lenyddol neu ysgolheigaidd fel yn *Pierre Menard* gan Jorge Luis Borges.

Crynodeb

Y person cyntaf — *fi*, ymson neu fonolog

Y trydydd person — *fe* neu *hi*

Yr ail berson unigol neu luosog — *ti* neu *chi*

Safbwynt symudol

Dogfennau ffug — dyddiadur, llythyrau, erthygl, cyfweliad, hunangofiant, ysgrif lenyddol

Sgwrs, ymgom neu ddeialog

Y Ddwy Ffrwd

Mae pob gwaith llenyddol yn perthyn yn fras iawn i un o ddwy ffrwd gyffredinol.

Mae'r naill ffrwd yn efelychiadol: mae'n ceisio efelychu pethau fel y maent. Gweithiau naturiolaidd neu realistig neu **realaidd** yw'r rhain.

Mae'r ffrwd arall yn llai efelychiadol ac weithiau nid yw'n ceisio efelychu pethau fel y maent o gwbl. Nid oes un gair sy'n disgrifio'r holl wahanol fathau o weithiau sy'n perthyn i'r ffrwd hon. Yn y llyfr hwn defnyddir y term **anefelychiadol** — gair hir a lletchwith, ond mae'n disgrifio popeth nad yw'n amcanu at efelychu bywyd yn union fel y mae. Mae'r term hwn yn cynnwys pethau yr ydym eisoes wedi'u trafod fel dramâu absŵrd, a phethau y byddwn yn eu trafod yn nes ymlaen fel nofelau ffug-wyddonol a storïau ffantasïol.

Er mwyn eich helpu i ddeall y termau hyn, edrychwch ar y tri llun sy'n dilyn.
LLUN A: sef gwaith di-deitl gan artist anhysbys. (1825)

Mae Llun A yn glir ac mae'n ymgais i ddangos golygfa yn union fel y gwelodd yr artist hi; mae'r tai, y bont, yr afon, a'r bryniau i gyd yn realistig. Mae'r llun hwn, felly, yn **realaidd**.

Mewn nofel neu ddrama neu stori, bydd y llenor yn ceisio disgrifio pobl a digwyddiadau ac iaith mewn ffordd sy'n efelychu bywyd. Dyma un ffrwd lenyddol.

LLUN B: sef llun o waith Arthur Giardelli

Yn Llun B gwelir eglwys a choed, ond nid ydynt yn hollol realistig: nid yw'r artist yn ceisio efelychu'r olygfa a welodd ar ei gynfas. Yn hytrach, mae'n ceisio cyfleu teimlad neu awyrgylch sy'n perthyn i'r olygfa. Mae'r llun hwn yn sefyll hanner ffordd rhwng yr efelychiadol a'r anefelychiadol, fel y gwna rhai gweithiau llenyddol.

Ond yma, mewn llun, ceir rhywbeth tebyg i'r ail ffrwd lenyddol, sef popeth nad yw'n hollol realaidd — **yr anefelychiadol**.

LLUN C: sef llun gan Rhys Gwyn, dan y teitl, *Gardd II*

Nid yw Llun C yn dangos dim y gallwn ni ei adnabod mewn bywyd bob dydd. Mae'n **anefelychiadol** ac mae'n symud ymhellach wrth y realaidd nag y gwna Llun B.

Ceir gweithiau llenyddol tebyg i'r llun hwn sy'n ceisio cyfleu rhywbeth y mae'r artist yn ei weld yn ei ddychymyg.

Tipyn o Hanes y Stori Fer

Daeth dau o feistri cynnar y stori fer o Rwsia: Nicolai Gogol, ac Anton Tshechof (neu Chekov).

Anton Tshechof (1860–1904)

Gellir edrych ar y ddau lenor fel cynrychiolwyr dau ddull gwahanol o lunio ffuglen. Storïwr realaidd yw Tshechof. Cymeriadau credadwy o blith dosbarth canol Rwsia yn y ganrif ddiwethaf sydd i'w gweld yn ei storïau. Mae'n dangos diddordeb ym meddyliau a chymhellion ei bobl a theimlwn ein bod yn dod i adnabod y bobl hyn; neu ein bod ni'n adnabod pobl debyg iddynt a bod eu bywydau yn ddealladwy. Mae sylwgarwch Tshechof ynghyd â'i gydymdeimlad â phob person yn ei storïau yn rhoi'r argraff inni fod y bobl hyn yn rhai 'o gig a gwaed', fel y dywedir. Dyfeisiodd Tshechof ffordd o ddechrau ei storïau 'yn y canol', fel petaent wedi dechrau cyn y frawddeg gyntaf. Yn yr un modd dônt i ben heb unrhyw 'ddiweddglo' taclus. 'Tafell o fywyd' yw'r disgrifiad a roir i'w weithiau ef. Credai Tshechof nad oedd dechrau, canol a diwedd amlwg i storïau ein bywydau, felly, ni ddylid disgwyl i ddarn o ffuglen orffen yn dwt. Ymgais i efelychu bywyd a geir yn ei waith.

Egyr ei stori enwocaf (stori fer orau'r byd yn ôl llawer o bobl) gyda dau ddieithryn – dyn canol oed, sef Dimitri, a menyw ddosbarth-canol, sef Anna – ar eu gwyliau ar lan y môr. Mae gan y fenyw gi bach (a dyna deitl y stori 'Y Fenyw a'r Ci Bach') a thrwy sylwi ar y ci mae Dimitri yn dechrau siarad â'r fenyw. Mae'r ddau yn anhapus yn eu priodasau a chyn hir maent yn cwympo mewn cariad. Ar ôl i'r gwyliau ddod i ben mae'r ddau yn ymadael â'i gilydd. Ond ni all Dimitri anghofio Anna. Mae'n mynd i'r dref lle mae hi a'i gŵr yn byw. Un noson yn y theatr, yn ystod yr egwyl, pan fo'r gŵr yn gadael Anna i gael sigarét, mae Dimitri'n mynd ati. Maent yn trefnu i gwrdd eto. Ond, daw'r stori i ben heb iddynt ddatrys eu problemau. Ar ôl inni orffen y stori mae'r sefyllfa yn dal i droi yn y dychymyg. Oni ddylent dorri eu priodasau a mynd i fyw gyda'i gilydd? Ond, mesur o lwyddiant y stori yw'r ffaith ein bod yn anghofio nad pobl go iawn ydynt!

Nawr darllenwch y stori, 'Eisiau Cysgu', sef cyfieithiad gan Mair Owen o stori gan Tshechof.

Eisiau Cysgu

Nos. Barbra, merch fach dair ar ddeg oed sy'n gwarchod; yn siglo'r baban yn y crud, ac yn mwmian yn dawel — o'r braidd y'i clywir:

> Si-lwli-si-lwli-si . . .
> Canaf gân fach i ti . . .

Y mae lamp werdd yn llosgi o flaen yr eicon; y mae rhaff sy'n ymestyn o un gornel i'r llall yn dal dillad baban a thrwseri mawr du. Daw staen mawr gwyrdd o'r lamp i orwedd ar y nenfwd; mae'r dillad baban a'r trwseri yn taenu cysgodion hirion dros y stof, dros y crud, dros Barbra . . . Wrth i'r lamp ddechrau fflicran, daw'r staen a'r cysgodion yn fyw a symud fel mewn gwynt. Mae'n fyglyd yno. Aroglau cawl a phethau siop grydd.

Mae'r baban yn crio. Mae'n gryg ers tro, a'r crio wedi ei flino'n llwyr, ond mae'n dal i weiddi, a dyn a ŵyr pryd y tawelo. Ac mae eisiau cysgu ar Barbra fach. Mae'n ei chael hi'n anodd i gadw ei llygaid ar agor — mae ei phen yn disgyn yn is, a'i gwar yn brifo. Ni all symud na'i hamrannau na'i gwefusau a theimla fod ei hwyneb wedi sychu a sythu, a'i phen yn fach, fach fel pen pìn.

"Si-lwli-si-lwli-si," mwmia, "Berwaf dipyn o uwd i ti . . ."

Mae cricedyn yn trydar yn y stof. Y tu ôl i'r drws, yn yr ystafell nesaf, mae'r meistr a'r prentis Affanasi yn chwyrnu'n ysgafn . . . Gwichian galarus y crud, a Barbra ei hun yn

73

mwmian — hyn oll yn ymdoddi i'r miwsig hwiangerddol hwyrol sydd mor felys i'w glywed wrth orwedd yn y gwely. Ond yn awr y mae'r un miwsig yn annioddefol o lethol gan ei fod yn gyrru dyn i'r syrthni rhwng cwsg ac effro heb adael iddo gysgu. Petai Barbra'n syrthio i gysgu — Duw a'i helpo! Fe gâi gweir go iawn gan ei meistr!

Y lamp yn fflicran. Mae'r staen a'r cysgodion yn symud a thyllu i lygaid llonydd, cilagored Barbra, a dechreua breuddwydion niwlog ffurfio yn ei hymennydd hanner cwsg. Mae'n gweld cymylau tywyll yn erlid ei gilydd drwy'r awyr ac yn gweiddi fel baban. Ond dyma wynt yn chwythu, y cymylau'n gwasgaru'n sydyn; a Barbra'n gweld ffordd lydan yn llaid i gyd; ceirt yn llusgo llwythi ar hyd y ffordd, pobl yn ymlwybro a phaciau ar eu cefnau, rhyw gysgodion yn gwibio'n ôl ac ymlaen. Coed i'w gweld ar y naill ochr a'r llall drwy'r tarth oer a garw. Yn sydyn, dyma'r bobl gyda'r paciau a'r cysgodion yn syrthio i ganol y llaid. "Pam?" gofynnodd Barbra. "Cysgu, cysgu!" oedd yr ateb. Ânt i gysgu'n braf â melys gwsg, ac ar wifrau'r telegraff eistedda brain a phiod yn llefain fel babanod ac yn trio'u deffro.

"Si-lwli-si-lwli-si . . . Canaf gân fach i ti . . ." mwmia Barbra sydd eisoes yn ei gweld ei hunan mewn bwthyn myglyd, tywyll.

Yn troi a throsi ar lawr y mae ei diweddar dad — Effim Stepanof. Fedr hi mo'i weld, dim ond ei glywed yn troi mewn poen ar y llawr ac yn ochneidio. Yr hyn y mae e'n ei alw'n "dor llengig" sydd arno. Ni all ynganu'r un gair, gymaint yw'r poen, — dim ond tynnu'r awyr i'w ysgyfaint a'i ddannedd yn clecan fel drwm: "Bw-bw-bw-bw-bw."

Pelageia, y fam, wedi rhedeg i'r plas i ddweud wrth y meistri fod Effim ar fin marw. Roedd hi wedi bod o'r tŷ ers sbel yn barod, ac roedd yn hen bryd iddi ddychwelyd. Barbra'n gorwedd ar ben y stof, yn effro, yn clustfeinio ar "bw-bw-bwian" ei thad. Ond dyma glywed cerbyd yn cyrraedd at y bwthyn. Y meistr wedi anfon un o'i westeion, sef meddyg ifanc a ddaethai o'r dre i aros acw. Daw'r doctor i mewn; nid oedd yn bosibl ei weld yn y tywyllwch ond clywir clec y drws a'i beswch.

"Dewch â golau," meddai.

"Bw-bw-bw . . ." yw ateb Effim.

Pelageia'n brysio at y stof, a dechrau chwilio am y jwg dal matsys. Munud o ddistawrwydd. Yna, â'r meddyg i chwilota yn ei bocedi a chynnau matsen.

"Ar unwaith, syr, ar unwaith," meddai Pelageia wrth frysio allan o'r bwthyn a dod yn ei hôl ymhen tipyn â bôn cannwyll.

Mae bochau Effim yn goch, ei lygaid yn pefrio, a'i olwg yn llawer mwy craff nag arfer; yn union fel petai'n gweld yn syth drwy'r bwthyn a'r meddyg.

"Wel, beth sy'n bod? Beth wyt ti wedi'i wneud?" ebe'r meddyg wrth blygu drosto . . . "Aha! Ers faint mae hyn wedi bod arnat ti?"

"Be'? Marw, syr, mae'n hen bryd . . . Fydda i ddim hir ar dir y byw . . ."

"Dyna ddigon o'r fath lol, ddyn, . . . Fe wellwn ni ti!"

"Fel y mynnwch chi, syr, mawr ddiolch ichi . . . ond rydyn ni'n deall . . . Os daeth angau, dyna ddiwedd amdani."

Mae'r meddyg yn brysur gydag Effim am chwarter awr; o'r diwedd mae'n codi, ac yn dweud:

"Wel, fedra i wneud dim . . . Mae angen ysbyty arnat ti; medran nhw roi llawdriniaeth iti fan'na. Rhaid cychwyn yn syth . . . Rhaid mynd! Mae hi dipyn yn hwyr, efallai, fydd pawb wedi mynd i'w gwlâu yno'n barod, ond dim ots, cei di nodyn gen i. Deall?"

"Ond syr, sut awn ni ag ef?" meddai Pelageia, "does gynnon ni'r un ceffyl yma."

"Peidiwch â phoeni am hynny, fe ofynna i'r meistr — fe roiff fenthyg ceffyl ichi."

Mae'r meddyg yn mynd, y gannwyll yn diffodd a'r "bw-bw-bw" yn ailddechrau . . . Ryw hanner awr wedyn, daw rhywun at y bwthyn. Mae'r meistr wedi anfon cert fechan, iddyn nhw gael mynd i'r ysbyty. Cael Effim yn barod a mynd.

Dyma fore hyfryd a chlir yn gwawrio. Dyw Pelageia ddim yn y tŷ; mae hi wedi mynd i'r ysbyty i weld sut olwg sydd ar Effim. Rhywle mae yna faban yn crio, a Barbra'n clywed rhywun yn canu yn ei llais hi ei hun: "Si-lwli-si-lwli-si, canaf gân fach i ti."

Daw Pelageia yn ei hôl, a gwneud arwydd y groes cyn sibrwd: "Fe gafodd driniaeth yn ystod y nos; ac erbyn y bore, roedd wedi dychwelyd ei enaid i Dduw . . . Teyrnas nefoedd, fythol hedd . . . Dweud ein bod wedi gadael pethau braidd yn hwyr . . . Dylai fod wedi cael mynd yno'n gynt . . ." Barbra'n rhedeg i'r coed i grio, ond yn sydyn mae rhywun yn ei tharo mor galed ar ei gwar nes iddi fwrw ei thalcen yn erbyn bedwen. Wrth godi ei phen mae'n gweld y crydd, ei meistr, o'i blaen.

"Be' ydy hyn, y diawl bach?" meddai. "Y babi'n crio, a thithau'n cysgu?"

Rhoddodd anferth o glustan iddi, a rhoddodd hithau ysgwyd i'w phen, siglo'r crud, a mwmian, mwmian ei chân. Mae'r

staen gwyrdd a chysgodion y trwseri a'r dillad baban yn
siglo, yn pefrio nes iddynt cyn hir ailfeddiannu ei hymennydd.
Unwaith eto mae'n gweld y stryd yn llaid i gyd. Y bobl â
phaciau ar eu cefnau, a'r cysgodion yn gorwedd ac yn
cysgu'n braf. Wrth edrych arnynt, mae eisiau cysgu'n
ofnadwy ar Barbra; byddai hi'n gallu mynd i gysgu'n hawdd,
ond daw ei mam Pelageia heibio a'i gwthio yn ei blaen.
Brysiodd y ddwy i'r dre i chwilio am waith.

"Rhowch geiniog er mwyn Crist!" erfyniai'r fam wrth bawb y
daethai ar eu traws . . . dangoswch dosturi Duw, gyfeillion
trugarog!"

"Rho'r baban yma!" atebodd rhyw lais cyfarwydd.

"Rho'r baban yma!" ategodd yr un llais, ond y tro hwn yn
groes ac yn finiog. "Wyt ti'n cysgu'r gnawes fach?"

Neidiodd Barbara ar ei thraed, a chan edrych y tu ôl iddi,
deallodd yn syth beth oedd yn bod. Nid oedd na stryd, na
Phelageia, na phobl ddiarth ychwaith. Dim ond y feistres a
safai yno ynghanol yr ystafell, wedi dod i fwydo'i baban. Tra
bu ei meistres dew, gadarn ei hysgwyddau, yn bwydo'r
plentyn, ac yn rhoi mwythau iddo, safai Barbra yn syllu arni,
ac yn disgwyl iddi orffen. Y tu allan i'r ffenestri, erbyn hyn,
roedd glas y wawr yn torri a'r cysgodion a'r staen gwyrdd ar
y nenfwd yn amlwg yn gwelwi. Fe fyddai'n fore toc.

"Cymer ef!" meddai'r feistres, gan gau botymau ei chrys nos.
"Mae'n crio. Rhaid fod diawl bach ynddo."

Mae Barbra'n cymryd y baban a'i roi i orwedd; yna'n dechrau
siglo'r crud unwaith eto. O dipyn i beth, mae'r staen gwyrdd
a'r cysgodion yn diflannu — ac nid oes lle i neb ddringo i'w
phen a drysu ei meddwl. Eisiau cysgu oedd arni fel o'r blaen,
bron â marw eisiau cysgu! Pwysodd Barbra ei phen ar ochr

y crud, a siglo â'i chorff i gyd, er mwyn gorchfygu'r awydd i gysgu; ond fe lynai ei hamrannau wrth ei gilydd, beth bynnag, ac yr oedd ei phen yn drwm.

"Barbra, dos i gynnau'r stof 'na!" — daeth llais y meistr o'r drws.

Mae hi'n bryd codi a rhoi dechrau ar waith y diwrnod, yn amlwg. Mae Barbra yn gadael y crud a rhedeg i'r cwrt i nôl coed tân. Teimla'n hapusach. Wrth fynd a dod fel hyn, nid oes gymaint o eisiau cysgu ag sydd wrth eistedd yn yr unfan. Dod â'r coed yn ôl, cynnau'r tân a theimlo'i hwyneb sythlyd yn ystwytho a'i meddwl yn clirio.

"Barbra, cynna'r samofar!" gwaedda'r feistres.

Dyma hi'n cynnau'r pric bach yn y tân; ond prin y cafodd amser i'w wthio i'r samofar, nad oedd yna orchymyn arall; "Barbra, glanha sgidiau mawr y meistr!"

Mae Barbra'n eistedd ar y llawr i lanhau'r esgidiau, ac yn meddwl pa mor hyfryd fyddai gwthio'i phen i mewn i esgid fawr, ddofn a chael cyntun ynddi . . . Yn sydyn, dyma'r esgid yn chwyddo'n fawr, ac yn tyfu i lenwi'r ystafell, mae Barbra'n gadael i'r brws gwympo, ond ar unwaith ysgwyd ei phen, ac agor ei llygaid yn fawr, fawr a cheisio syllu fel na fyddai pethau'n tyfu.

"Barbra, golch y grisiau tu allan: dyna olwg i'r cwsmeriaid!"

Mae Barbra'n golchi'r grisiau, yn tacluso'r stafelloedd, wedyn yn cynnau'r stof arall, ac yn rhedeg i'r siop. Digonedd o waith, heb ddim un eiliad iddi hi ei hun.

Ond does dim byd mwy llethol na sefyll yn yr unfan wrth fwrdd y gegin, yn plicio tatws. Y mae ei phen yn gwyro tuag at y bwrdd, y tatws yn crynu o flaen ei llygaid, y gyllell yn syrthio o'i gafael a'r feistres dew, lidiog gerllaw wedi torchi llewys ac yn siarad mewn llais mor groch, nes merwino'r clustiau. Annioddefol hefyd yw gweini wrth y bwrdd amser cinio, gwnïo, a gwneud y gloch. Ambell waith — aethai'n anymwybodol hollol; y mae eiliadau pan fo eisiau, er gwaetha popeth, syrthio'n glamp i'r llawr a chysgu.

Â'r diwrnod yn ei flaen. Wrth weld y ffenestri'n tywyllu mae Barbra'n cywasgu ei harleisiau sythlyd ac yn gwenu, heb wybod pam. Mae cysgodion y gwyll yn anwesu ei llygaid hanner-cau, gan addo cwsg buan a braf. Gyda'r nos daw yna bobl acw.

"Barbra, berwa'r samofar!" yw gwaedd y feistres.

Samofar reit fychan oedd ganddyn nhw a chyn i'r ymwelwyr liniaru eu syched am de, rhaid ei ferwi ryw bump o weithiau. Wedyn fe fu hi'n sefyll yn ei hunfan am awr gyfan yn edrych ar y gwesteion ac yn disgwyl rhagor o orchmynion.

"Barbra, dos i nôl tair potelaid o gwrw!"

Ei rhwygo'i hun o'r fan a cheisio rhedeg nerth ei thraed er mwyn gyrru cwsg i ffwrdd.

"Barbara, dos i nôl fodca! Barbra, ble mae'r agorwr poteli? Barbra, glanha'r penwaig!"

O'r diwedd, dyma ffarwelio â'r gwesteion; diffodd y goleuadau — mae'r meistr a'r feistres yn mynd i gysgu.

"Barbra, dos i siglo'r crud!" atseinia'r gorchymyn olaf.

Mae cricedyn yn trydar yn y stof; mae'r staen gwyrdd ar y nenfwd, a chysgodion trwseri a'r dillad baban yn sleifio dan amrannau cilagored Barbra, yn pefrio ac yn drysu ei phen. "Si-lwli-si-lwli-si," mae'n mwmian, "Canaf gân fach i ti . . ."

Ond dal i grio mae'r baban ac yn blino'n lân wrth wneud.

Unwaith eto y mae Barbra'n gweld y ffordd leidiog, y bobl a'u paciau, Pelageia ac Effim, ei thad. Mae hi'n deall y cyfan, yn adnabod pawb, ond yn ei hanner-cwsg ni all o gwbl ddeall y grym hwn sy'n ei chadwyno gerfydd ei dwylo a'i thraed — yn ei mygu ac yn ei rhwystro rhag byw. Mae'n edrych o'i chwmpas, chwilio am y grym hwn i gael gwared ohono, ond ni ddaw o hyd iddo. O'r diwedd, wedi llesgáu, mae'n canolbwyntio'i holl nerth ar edrych i fyny ar befrio'r staen gwyrdd, a chan glustfeinio ar y llefain, daw o hyd i'r gelyn sy'n ei rhwystro rhag byw.

Y baban yw ei gelyn.

Mae'n chwerthin. Roedd y peth yn anhygoel; sut y bu iddi gymryd mor hir i weld rhywbeth mor syml, tybed? Mae'r staen gwyrdd, a'r cysgodion a hyd yn oed y cricedyn, mae'n debyg, yn chwerthin ac yn rhyfeddu.

Mae syniad twyllodrus yn meddiannu Barbra. Dyma hi'n codi oddi ar y stôl, a chyda gwên lydan a'i llygaid yn llonydd agored, mae'n cerdded drwy'r ystafell. Roedd y syniad yn plesio ac yn goglais — cael gwared o'r plentyn hwnnw a oedd yn ei chadwyno gerfydd ei dwylo a'i thraed — lladd y baban, a chael cysgu a chysgu a chysgu . . .

Dyma hi'n chwerthin, chwincian, a chodi bys ar y staen gwyrdd. Sleifio at y crud a phwyso dros y baban. Wedi mygu'r plentyn, brysio i orwedd ar y llawr, chwerthin gan lawenydd am ei bod yn gallu cysgu, ac mewn munud, mae'n cysgu mor drwm â chorff marw . . .

Trafodaeth:

- Daw yn glir yn fuan nad stori o Gymru nac o Loegr yw hon. Pa arwyddion welwch chi ar ddechrau'r stori mai stori o Rwsia yw hi?

- O ba safbwynt yr adroddir y stori?

- Meddyliwch am awyrgylch y stori. Sut mae'r awdur yn creu'r teimlad sy'n perthyn iddi?

- Er bod Barbra'n brwydro yn erbyn cwsg, mae hi'n cael breuddwydion sydd yn gymysg â'i hatgofion. Beth sydd wedi digwydd i Barbra?

  Sylwch ar y ffordd mae'r awdur yn defnyddio'r sŵn:

      'Si-lwli-si-lwli-si';

      'Bw-bw-bw'.

  Sylwch hefyd ar y ffordd mae'n mynd i mewn i feddwl Barbra ac yna'n defnyddio deialog.

- Ydych chi'n cydymdeimlo â Barbra?

- Beth sy'n digwydd ar y diwedd?

- Pam mae'r awdur yn dweud bod Barbra yn 'cysgu mor drwm â chorff marw'?

81

Nicolai Gogol (1809–1852)

Storïwr hollol wahanol yw Gogol. Nid yw'n twrio i feddyliau ei gymeriadau, eithr mae'n dangos beth sydd yn digwydd iddynt. Gall fod yr un mor sylwgar â Tshechof. Ond mae'r cymeriadau yn ei storïau yn dlodion yn aml ac yn ddoniol ac weithiau yn greaduriaid gwirion, hyll a thruenus. Yn ei ffuglen ceir darlun digon realistig o'r byd (Rwsia'r ganrif ddiwethaf eto) nes i rywbeth od neu anhygoel ddigwydd.

Yn ei stori, 'Y Fantell', ceir ymdrech dyn anghenus i gynilo ei arian er mwyn talu i deiliwr wneud côt fawr neu fantell newydd iddo. O'r diwedd mae Acaci Acaciefits yn cael y fantell ysblennydd. Yna, un noson, mae'n ei gwisgo i fynd i barti yn y ddinas ac yn ei gadael yn y cyntedd. Ond ar ddiwedd y noson mae'r fantell wedi mynd, rhywun wedi'i dwyn. Mae'r dyn bach yn galaru cymaint am y dilledyn nes ei fod yn colli'i bwyll, yn mynd yn dost ac yn marw. Hyd at y cam hwn bu'r stori yn ddigon credadwy ond nid marwolaeth y prif gymeriad yw diwedd y stori. Daw ei ysbryd yn ôl a chwilio am ei fantell gan gipio'r 'mantelli oddi ar ysgwyddau pawb a elai heibio . . . mantelli o bob gradd'.

Mae stori arall gan Gogol yn fwy rhyfedd hyd yn oed, sef 'Y Trwyn'. Dechreua'r stori mewn ffordd ddigon cyffredin a realistig — gŵr a gwraig yn deffro yn y bore — nes i'r gŵr ganfod trwyn mewn rholyn o fara. Yna mae safbwynt a chymeriadaeth y stori yn newid yn sydyn. Awn at y dyn sydd wedi deffro un bore heb ei drwyn! Er mawr syndod iddo mae e'n gweld ei drwyn maint dyn yn cerdded o gwmpas y ddinas ac yn gwisgo iwnifform. Ar ôl llawer o anturiaethau digri a rhyfeddol adunir y dyn a'i drwyn; un bore, dyna lle mae'r trwyn yn ei briod le unwaith eto, ar ei wyneb. Ar ddiwedd y stori mae'r awdur yn rhyfeddu iddo ysgrifennu'r fath beth ond dywed:

> Ac eto, dim ond i chi aros i feddwl am eiliad, mae 'na hedyn o wirionedd ynddi. Beth bynnag a ddywedwch, mae'r pethau hyn yn digwydd — anaml, rwy'n cyfaddef, ond maen nhw yn digwydd.

Dengys y ddau awdur hyn ddwy brif ffrwd ffuglen; cynrychiola Tshechof y realaidd a'r efelychiadol, tra chynrychiola Gogol yr afreal a'r ffantasïol neu'r anefelychiadol. Nid yw'r naill ddull na'r llall yn well nac yn bwysicach na'i gilydd.

Wrth feddwl am y ffrydiau cyffredinol y soniwyd amdanynt uchod gellid enwi'r awduron canlynol sy'n perthyn i'r naill ffrwd neu'r llall:

Awduron y ffrwd realaidd

Katherine Mansfield
(Seland Newydd)

Gustave Flaubert
(Ffrainc)

Awduron y ffrwd realaidd
(parhad)

Isaac Bashevis Singer
(Gwlad Pwyl ac America)

O Henry (sef William Sydney Porter)
(America)

Saki (sef Hector Hugh Munro)
(Lloegr)

Awduron y ffrwd anefelychiadol
(fel arfer)

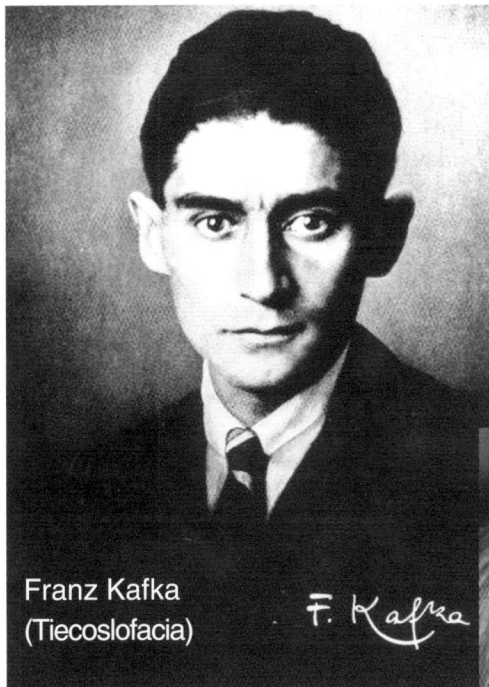

Samuel Beckett
(Iwerddon a Ffrainc)

Franz Kafka
(Tiecoslofacia)

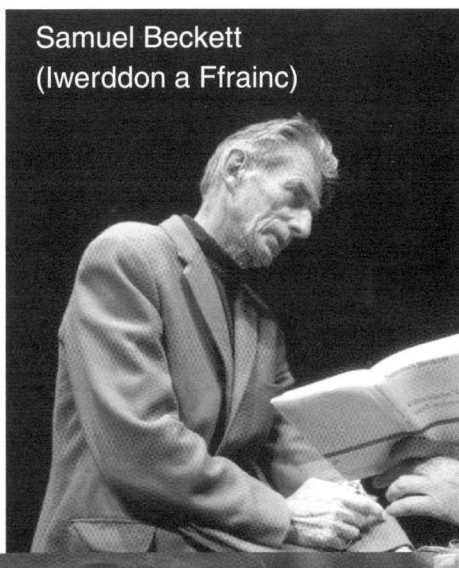

F. Kafka

Vladimir Nabokov
(Rwsia ac America)

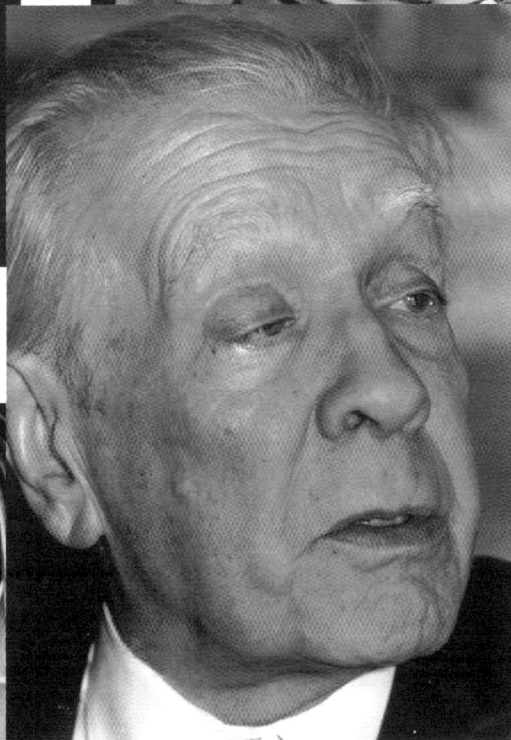

Jorge Luis Borges
(Yr Ariannin)

Italo Calvino
(Yr Eidal)

Guy de Maupassant (1850–1893)

Un arall o arloeswyr y stori fer oedd y
Ffrancwr, Guy de Maupassant. Perthyn
yn nes i Tshechof a'r dulliau realaidd
nag i Gogol. Ond eto mae'n wahanol
iawn hefyd.

Ei stori fer enwocaf, fe ddichon, yw
'Yr Addurn'. Ynddi mae menyw
gymharol dlawd ond uchelgeisiol,
Mathilde, yn cael benthyg addurn hardd
gan ei chyfeilles i'w wisgo i barti. Mae'n
ei golli. Mae Mathilde a'i gŵr yn
defnyddio'u holl gynilion i brynu addurn
yr un ffunud â'r un a gollwyd — ond nid
oes digon o arian ganddynt. Drwy
aberth ac ymdrech galed llwyddant i
brynu'r addurn a'i roi i'r fenthycwraig. Wedyn rhaid iddynt dalu'r dyledion.
Mae'n golygu llawer o lafur caled. Mae'n cymryd deng mlynedd i gyd.
Heneiddia'r fenyw cyn ei hamser. Yna un diwrnod mae'n cwrdd â'i ffrind eto ac
mae'n cyfaddef iddi golli'r addurn ac iddi brynu un arall yn ei le a bod hwnnw
wedi costio'i hieuenctid a'i hiechyd iddi. Mae'r stori yn dibynnu ar y diwedd
annisgwyl, sef geiriau'r ffrind:

'O! Mathilde druan! Ond rhai ffug oedd fy rhai i! A phymtheg
punt ar y mwyaf oedd eu gwerth nhw.'

Ar un adeg roedd storïau Maupassant yn boblogaidd iawn. Ond mewn
gwirionedd mae stori fel 'Yr Addurn' yn twyllo'r darllenydd; nid yw'r awdur yn
datgelu bod y gemau yn rhai ffug tan y diwedd. Pan wêl Mathilde yr wddfdorch
y tro cyntaf, dywedir: 'Yn sydyn, mewn blwch satin du, daeth ar draws
gwddfdorch o ddiemynt . . .' Ac oni fyddai ffrind go iawn wedi dweud rhywbeth
fel 'Gyda llaw, rhai ffug yw'r rhain' ar y dechrau? Hefyd mae moeswers y stori
yn rhy amlwg.

Wedi dweud hynny, mae ysgrifennu stori â throad annisgwyl yn y diwedd fel un Maupassant yn fwy anodd nag ysgrifennu un â diwedd penagored fel y gwna Tshechof. Tipyn o ddifyrrwch a geir yn y naill, tra bod y llall yn fwy o gamp gelfyddydol. Ar ôl gwybod diwedd 'Yr Addurn' nid yw'r ail ddarlleniad yn mynd i roi llawer o wefr inni. Gellir darllen storïau Tshechof a Gogol drosodd a throsodd a dal i gael mwynhad ynddynt.

Ymarfer:

Ceisiwch ysgrifennu stori fer ac iddi ddiwedd annisgwyl.

Stori Gylch

Ar wahân i'r diweddglo penagored a'r 'tro yn y cynffon' ceir storïau sydd yn troi mewn cylch lle mae'r diwedd yn adleisio'r dechrau. Mae hyn yn wir am 'Y Trwyn' sy'n dechrau drwy sôn am y peth anghyffredin a ddigwyddodd yn St Petersburg ac sy'n cloi drwy ddweud bod pethau anhygoel fel hyn yn digwydd. Hanes y digwyddiad rhyfedd, felly, yw corff y stori.

Ceir enghraifft berffaith o'r stori gylch yn 'Stori Las' gan Eleri Llewelyn Morris. Dyma baragraff agoriadol y stori:

Noson las oedd hi — a hwnnw'n las clychau'r gog . . . Y tu allan i'r caffi, roedd yr awyr yn ddu, loywddu yn barod a'r sêr cynnar bron yn wyn. Y tu mewn, roedd popeth naill ai'n fformica coch neu'n baent hufen wedi melynu . . . Ond bob tro y meddyliaf am y noson honno, cofiaf hi fel noson las.

Eleri Llewelyn Morris

A dyma'r diwedd:

Teimlwn fel un gyda Miriam y noson honno, ac roedd
hwnnw'n deimlad braf. Teimlad glas, meddyliais — oherwydd
yr oedd y lliw glas wedi llifo o lygaid ac o berson Henri, ac
wedi lliwio yr holl feddyliau a'r holl deimladau a brofais y
noson honno; yr oedd wedi llifo'n araf nes colli'i liw dros y
noson i gyd.

Ymarfer:
Lluniwch stori fer lle mae'r diwedd yn dod yn ôl at y dechrau.

Pa gategori?

Ond o gymryd enghraifft o waith Katherine Mansfield cawn weld pa mor
anodd yw hi i roi unrhyw stori mewn un dosbarth diffiniol syml. Stori eithaf
realaidd yw 'Feuille D'Album', tebyg iawn i waith Tshechof. Mae'n stori hynod
o ddoniol am arlunydd ifanc ym Mharis sy'n denu sylw llawer o fenywod
oherwydd ei harddwch bachgennaidd. Ond nid oes ganddo ddim diddordeb yn
yr un ohonynt. Yna mae'n cwympo dros ei ben a'i glustiau mewn cariad â
merch sy'n byw dros y ffordd. Mae'n ei dilyn hi wrth iddi fynd i gael neges o
siop i siop. Mae'n ei dilyn at ei drws ac yn y diwedd yn ymwroli i siarad â hi
gan ddweud: 'Esgusodwch fi, *Mademoiselle*, rydych chi wedi colli hwn.' Mae'r
hyn y mae ef yn ei roi iddi yn annisgwyl iawn (pechod imi ddatgelu'r diwedd!):
wy ydyw!

Nawr, ceir yma dro yn y cynffon, ond beth sy'n digwydd wedyn? Ydy'r ddau yn
cwympo mewn cariad? Mae'r diwedd yn benagored hefyd. Ac er bod y rhan
fwyaf o'r stori yn realaidd, beth am yr amhosibilrwydd yn y diwedd o ollwng wy
heb ei dorri? Dyna stori sy'n dangos pa mor anodd yw hi i gategoreiddio
storïau byrion llenyddol.

Franz Kafka (1883–1924)

Un o storïau enwocaf y byd gan un o lenorion pwysicaf yr ugeinfed ganrif yw 'Y Trawsffurfiad' (a gyfieithwyd o'r Almaeneg i'r Saesneg dan y teitl *'Metamorphosis'*) gan Franz Kafka. Newidiodd y stori hon gwrs llenyddiaeth fodern ac nid yw'n bosibl anwybyddu ei dylanwad ar lawer o lenorion gan gynnwys rhai yn y Gymraeg megis Wil Roberts a Robin Llywelyn.

Mae'r dechrau yn drawiadol a bythgofiadwy:

> Fel y dihunodd Gregor Samsa un bore o'i freuddwydion anesmwyth cafodd ei hunan wedi'i drawsffurfio yn ei wely yn bryfyn anferth.

Ar ôl y dechrau arswydus hwn byddech yn disgwyl i Gregor Samsa ofyn pam mae hyn wedi digwydd ac i'w deulu ddychryn am eu bywydau. Ond nid yw'r cwestiwn yn codi ac er bod y chwilen yn wrthun i'r teulu, mae'n cael ei derbyn, ac am weddill y stori fer hir hon adroddir problemau Gregor o fyw fel chwilen yn ei fflat. Mae'n dychryn y dynion sy'n rhannu'r fflat ond yn y diwedd mae'r teulu yn anghofio amdano, mae'n marw ac mae'r hen fenyw sy'n glanhau'r fflat yn ei daflu i ffwrdd gyda'r sbwriel, ac mae'r teulu yn mynd ar daith ar y trên.

Nid yw'r braslun hwn yn gwneud cyfiawnder â'r stori ryfedd hon. Mae Kafka yn dweud y cyfan mewn ffordd oer a digyffro. Oni bai am drawsffurfiad Gregor, stori realaidd fyddai hon ac mae'r diwedd mor benagored ag un o storïau Tshechof.

Dyma stori sy'n gofyn inni ddeall ei hystyr ar ddwy lefel. Nid stori am ddyn yn troi yn chwilen mohoni yn y bôn ond dameg am unigrwydd yr unigolyn a'i anallu i gael y bobl o'i gwmpas i'w ddeall.

Efallai fod y syniad o ddyn yn troi yn chwilen yn ein taro ni fel un chwerthinllyd neu'n un rhy anodd i'w gredu, ond mae'r ffordd mae Kafka yn cyflwyno'i ddeunydd yn gwbl gredadwy. Wrth ei darllen mae'r stori yn ein hargyhoeddi.

Crynodeb

Y ddwy brif ffrwd:

- Realaidd
- Anefelychiadol

Mathau ar ddiweddglo:

- Penagored
- Tro yn y cynffon
- Diwedd yn adleisio'r dechrau — Stori Gylch

Ymarfer:

Ysgrifennwch stori fer fer, rhyw 700 o eiriau, yn ateb unrhyw un o'r gofynion canlynol:

i. stori o safbwynt ci neu gath neu bry copyn;

ii. stori am droed neu law neu glust;

iii. stori anefelychiadol.

Y Stori Fer yn y Gymraeg

Kate Roberts (1891–1985)

Ysgrifennodd Daniel Owen, tad y nofel Gymraeg, nifer o storïau yn *Straeon y Pentan*, yna cafwyd rhai nodedig gan R Hughes Williams, R Dewi Williams ac R G Berry, ond Kate Roberts oedd y llenor Cymraeg cyntaf i ddefnyddio'r ffurf mewn ffordd safonol.

Storïau realaidd yn null Tshechof oedd ei rhai cynnar hi gyda diweddglo penagored fel arfer. Enghraifft nodweddiadol o'i storïau hi yw 'Buddugoliaeth Alaw Jim'.

Buddugoliaeth Alaw Jim

Ni ddigwyddasai'r stori hon oni buasai i'r wraig gael y gair cyntaf ar ei gŵr. Yr oedd hynny mor groes i feddyliau Morgan pan ruthrai allan o'r cae rasus milgwn ac Alaw Jim wrth ei sawdl. Nid oedd arno ofn mynd adre heddiw, diolch i Alaw Jim. Gallai roi papur chweugain ar y ford i Ann wneud fel y mynnai ag ef. Gwnâi hynny iawn am iddo esgeuluso ei ddyletswyddau ar hyd yr wythnos. Mwy na hynny, yr oedd Alaw Jim yn dechrau talu amdano'i hun. A phe nad enillasai'r ras heddiw, yr oedd yn werth, ym meddwl Morgan, ei weled yn rhedeg ar hyd y cae, ei ben yn ymestyn ymlaen, ei groen yn tynhau am ei ais, ac yntau'n symud mor llyfn â chwch ar afon.

Ond yr oedd gweld y pen hwnnw'n ymestyn o flaen yr holl bennau eraill ar y terfyn bron yn ormod i ddyn gwag o fwyd fel Morgan. Ail-fyw'r foment honno a wnâi yn awr wrth gerdded adref, a rhôi ei galon yr un tro ag a wnaeth ar y cae. Credai fod rhedeg milgi yn talu'n well na rhoi swllt ar geffyl, er mai â'r arian a enillodd ar geffyl y prynodd y ci hwn. A chau llygad ar yr ochr ariannol am funud, yr oedd mwy o bleser o gadw ci at redeg. Pa werth oedd mewn rhoi swllt ar geffyl ac yntau heb byth weld y ceffyl hwnnw'n rhedeg? Ni châi ei regi pan gollai ei swllt iddo na'i ganmol pan ddeuai â swllt neu ddau i'w boced. Fel yna y teimlai Morgan yn awr ar ôl cael ci. Fel arall y teimlai cyn ei gael. Yr amser hwnnw, yr oedd yn werth rhoi swllt ar geffyl, petai'n rhedeg fel iâr, os oedd ganddo siawns o ddyfod â swllt arall iddo at ei swllt cyntaf.

O'r dydd y dechreuodd chwarae hap ar geffylau, ni pheidiodd â gobeithio y deuai ffortiwn Rockefeller iddo ryw ddiwrnod. Deuai siawns felly ar draws rhai o hyd, a pham na allai Morgan fod yn un ohonynt rywdro? Yr oedd Ann yn dwp hefyd, yn ffaelu gweled hyn, ac yn dannod iddo'i swllt wythnosol ar geffyl, yn lle dal i obeithio fel y gwnâi ef. Wedi'r cyfan, beth oedd swllt allan o arian y dôl, os oedd siawns i wneud i ffwrdd â phob dôl iddo ef am byth wedyn? Yn wir, yr oedd dynion yn dwp. Yr oedd Morgan wedi hen ddiflasu ar y siarad di-ddiwedd yma yng nghyrddau'r di-waith, yn protestio yn erbyn y peth hwn a phrotestio yn erbyn y peth arall a neb heb fod fawr well allan. Dyna oedd yn dda mewn ci. Ni allai siarad, a deuai ei fudandod â mwy o arian na holl siarad cynghorwyr a phobl a oedd am fod yn gynghorwyr.

Trotiai gwrthrych meddyliau Morgan wrth ei ochr, bron cyn ddistawed â chath a'i bawennau'n clecian yn ysgafn ar yr heol galed. Yr oedd ei berchennog, o hir dlodi, yn ddigon ysgafn ei gorff, ond rhygnai ei esgidiau di-sawdl ar y palmant. Yr oedd ganddo gap tyn am ei ben a chrafat am ei wddf, ond nid oedd côt uchaf ganddo. Ni feddai'r un. Ond yr oedd yn berffaith hapus. Daeth i'w feddwl brynu rhywbeth i fynd adref i de. Buasai Ann a Tomi wrth eu bodd. Ond fe dorasai hynny ar gyfanrwydd y papur chweugain. Yr oedd am i Ann gael gweld gwerth Alaw Jim.

Yn 364 Darwin Road, eisteddai Ann a Tomi wrth dewyn o
dân yn y 'rŵm genol'. Yr oedd yr ystafell yn llawn ac yn
fyglyd. Crogai dillad glân wedi eu smwddio ar lein o dan y
nenfwd, ac yr oedd gwely bach wrth y tân. Yr oedd yn
amhosibl ei chadw'n drefnus gan mai hi oedd yr unig ystafell
a oedd ganddynt i fyw ynddi er pan osodasant y parlwr. Yr
oedd Tomi yn dechrau gwella ar ôl llid yr ysgyfaint, ac yn awr
yn eistedd ar y gwely lle y buasai'n gorwedd rhwng byw a
marw ychydig wythnosau cyn hynny. Eisteddai'n anniddig
gan ysgwyd ei draed, a'i sanau'n dorchau lleicion am ei
goesau tenau. Yr oedd ei wyneb yn llwyd a chlytiau melyn
hyd-ddo. Ni fedrai Tomi ddeall yn iawn y dymer yr oedd ei
fam ynddi'r prynhawn yma. Byth er pan fu'n siarad â
Mrs Ifans a oedd yn byw yn y parlwr, pan âi honno drwodd
i'r gegin fach, ni ddywedasai ei fam lawer wrtho, dim ond
eistedd wrth y tân a dau lecyn o wrid ar ganol ei dwy rudd.
Ni fedrai Tomi ddeall ond ychydig iawn ar bethau y dyddiau
hyn. Dyna Mrs Ifans a'i gŵr yn byw yn y parlwr, ac nid oedd
wiw iddo fynd i chwarae cwato a rhedeg rownd y cadeiriau.
Mae'n wir nad oedd arno eisiau rhedeg o gwmpas a blinai'n
rhwydd iawn. Ac yr oedd arno eisiau'r pethau rhyfeddaf. Y
prynhawn yma yr oedd arno eisiau afu, ond efallai y byddai'n
well iddo beidio â gofyn i'w fam a hithau mor od, heb wneud
dim fel yna ond syllu i'r tân. Fe gawsai Mrs Ifans y parlwr
belh i ginio, a deuai ei wynt atynt hwy i'r rŵm genol wrth iddi
ei ffrïo yn y gegin fach. Dyna'r gwaethaf o fyw mewn darn o
dŷ, clywent aroglau'r naill y llall. Weithiau byddai'n wynt
hyfryd, meddyliai Tomi, ond dro arall ni byddai. Ta pun, yr
oedd gwynt yr afu ganol dydd yn hyfryd, ac yr oedd gwanc
yn ei stumog amdano. Wrth gwrs, fe fu Tomi'n hoff o deisen.
Nid oedd dim a hoffai'n well na mynd gyda'i fam i siop y
Polyn Melyn, ar nos Wener, a gweld yr holl deisennau. Yr un
â rhes o jam a hufen ynddi a hoffai Tomi orau, un bum
ceiniog y pwys. Ond rywffordd nid oedd ei blas i de dydd Sul
lawn cystal â'i golwg nos Wener. Yn awr, nid oedd arno

eisiau ei gweld. 'Mofyn afu yr oedd ef. Efallai yr âi ei dad i'w 'mofyn wedi dyfod tua thre.

Dyna fusnes y ci wedyn. Yr oedd hwnnw'n dywyll i Tomi. Dywedasai ei dad wrtho cyn y Nadolig ei fod am brynu ci yn anrheg iddo, a bu yntau'n breuddwydio am gi bach du a gwyn, a blew 'cwrlog', a llygaid crynion. Fe ddantodd yn hollol pan welodd yr hen gi tenau llwyd â'r llygaid meinion a ddaeth. Ni fedrai ci â hen gynffon hir fel hyn ei siglo i ddangos ei fod yn falch. Ond bob yn dipyn daeth Tomi a'r ci yn ffrindiau, nes mentrodd Tomi ofyn i'w dad a gâi ei alw'n 'Pero'. Chwarddodd ei dad a dweud, "Wyt ti'n meddwl mai rhyw blwmin ci defed wy i'n mynd i redeg? 'Alaw Pero', myn diain i, na, wnaiff e mo'r tro o gwbl." A chwarddodd wedyn. Sylwai Tomi hefyd nad edrychai ei fam byth yn bles pan fyddai Jim o gwmpas. Ond ddim ods. Yr oedd Tomi'n lico Jim, er ei fod yn dilyn ei dad i bobman. Aethant allan gyda'i gilydd ar ôl cinio i rywle, ac yr oeddynt yn aros yn hir. Tybed a fyddai'n well iddo ofyn i'w fam yn awr am yr afu.

"Mam, a gaf i afu?"

Troes ei fam olwg ryfedd arno, ac yna ail droes ei phen at y tân, a'i gwefusau'n symud fel petai hi'n siarad wrthi hi ei hun. Ateb Mrs Ifans yr oedd. Dim ods iddi hi ym mh'le'r oedd hi'n mynd i brynu hat. Yr oedd pedair blynedd er pan gafodd un. Fe welsai Ann hat fach bert yn siop Mrs Griffith am ddau ac un-ar-ddeg. Yr oedd siop Mrs Griffith yn rhy brid iddi fynd yno ar adeg arall; ond pan fyddai sêl, fe ostyngai Mrs Griffith y prisoedd yn rhyfedd a chwi fyddech yn sîwr o gael bargen. Nid yr un peth â'r Argyle Stores, lle'r oedd pethau'n sièp bob amser. Pan ddywedodd hi hyn wrth Mrs Ifans, dyma honno'n gwenu'n ffiaidd ac yn dweud: "Dyna neis ych bod chi'n gallu fforddo mynd i siop Mrs Griffith. Ond mae'n sîwr ych bod chi'n gwneud yn dda ar y ci'n awr ar ôl gadel y ceffyle."

Ac i ffwrdd â hi gyda'r ffrimpan a'r afu.

"Dyna dwp own i," meddyliai Ann wrthi ei hun yn awr, "na baswn i wedi dweud bod Morgan wedi colli mwy nag y 'nillws e ar geffyle erioed, ac na chafodd e ddim gyda'r ci hyd yn hyn."

Ond un oedd Ann a allai feddwl am bopeth i'w ddweud wedi'r digwydd. Niwsans yn ei meddwl mewn gwirionedd oedd gorfod cael neb i'r tŷ. Ond dyna! Ni allent fforddo deuddeg swllt yr wythnos o rent, ac o'r tamaid ecstra a gâi am yr ystafelloedd yr oedd hi'n mynd i gael yr hat newydd, cyn i bobl y 'Means Test' ddod i wybod amdano a mynd ag ef. Druan o Mrs Ifans! Y ci'n wir! Daeth ei chynddaredd yn ôl at ei thenant, ac i orffwys yn ddiweddarach ar Morgan. Fe fyddai'n rhaid iddo werthu Alaw Jim cyn y câi neb eto ddannod iddi mai'r ci a dalai am ei hat newydd.

"Rwy'n 'mofyn afu, mam."

Cynyddodd ei llid yn fwy yn erbyn ei gŵr wedi clywed y gri yma. Mi fuasai'n llawer gwell i Morgan roi'r arian a wariai ar y ci i gael tipyn o faeth i Tomi'n awr iddo gryfhau, yn lle bod y bachgen a'r plant eraill heb gael dim ond rhyw de a bara 'menyn o hyd. Penderfynodd fynd i 'mofyn afu gyda pheth o arian yr hat. Fe wnâi les i Mrs Ifans weld na chafodd hi mo'r hat wedyn. Ac fe gâi Ann, trwy hynny, gnoi cil ar ei haberth.

Pan ddodai ci chôt amdani, clywai Morgan yn dyfod i lawr at gefn y tŷ gan chwibanu ac anwesu Alaw Jim fwy nag erioed wrth gau drws y gegin fach. Fe roes yr olwg hapus ar wyneb Morgan ail fflam yng nghynddaredd Ann, ac yr oedd yr olwg a gafodd Morgan ar wyneb Ann yn ddigon i ddiffodd pob gronyn o frwdfrydedd a'i daliodd rhag cwympo o eisiau bwyd ar y ffordd tua thre.

"Ti a dy hen gi," oedd geiriau cyntaf Ann, a chyn i Morgan allu casglu ateb at ei gilydd byrlymodd ymlaen:

"Dyma fe'r crwtyn yn llefen am afu a thithe'n gwario d'arian a d'amser ar yr hen gi yna. 'Does dim posib iddo fe gryfhau ar y bwyd mae e'n gael. A dyna'r plant eraill mas yn yr oerni yn dryched am lo yn yr hen lefel yna, a thithe'n enjoio yn y cae rasus, a phobl yn dannod i fi mod i'n cael dillad newydd ar gefen dy hen gi di."

Digwyddodd peth rhyfedd yn y fan hon. Yn sydyn, fel fflach, daeth i gof Morgan iddo ennill ar gyfansoddi pedwar pennill i flodyn Llygad y Dydd mewn cwrdd cystadleuol yn y wlad pan oedd yn ddeunaw oed. Yr oedd degau o flynyddoedd oddi ar hynny, a bron gymaint â hynny er y tro diwethaf y daeth y peth i'w gof hefyd. A meddwl mai ei gariad at Ann a'i symbylodd i ysgrifennu'r penillion hynny! Cymerodd ei wraig ei ddistawrwydd yn arwydd o lyfrdra ac o gyfiawnder yr hyn a draethai, ac aeth ymlaen:

"A dishgwl yma," meddai, "os na chei di wared yr hen gi yna, mi bodda i e'n hunan."

Ar hyn dyma sgrech dorcalonnus o gyfeiriad y gwely.

"Na wnewch, mam, na wnewch, gwedwch na wnewch chi ddim boddi Jim. 'Dych chi ddim am foddi Jim odych chi, odych chi, mam?"

Dihangodd Morgan rhag y fath drueni, ac wrth droi ei lygaid yn ôl, gwelai Tomi ar lin ei fam a'i ddwylo am ei gwddf yn llefain a gweiddi:

"Gwedwch na wnewch chi ddim." a hithau'n ei gysuro.

"Dyna fe, dyna fe, na wnaf i ddim."

Aeth dau wrthrych yr holl helynt i fyny'r bryn, ac un ohonynt wedi ei daro'n ful, ac yn meddwl sut yn y byd y bu iddo gymharu ei wraig â blodyn Llygad y Dydd erioed. Wedi'r digwydd y gallodd yntau gasglu ei feddyliau at ei gilydd a meddwl am yr holl bethau y gallasai eu dweud wrth ei wraig.

Daliai'r llall i drotian yn dawel wrth ei ochr.

Yr oedd llwydrew yn yr awyr a chrwybr ysgafn dros wyneb y wlad, nes ei gwneud yn llwyd olau. Deuai aroglau ffrïo cig moch ac wynwyn o dai yr âi Morgan heibio iddynt ar ei ffordd i fyny. Wedi dringo ychydig, eisteddodd ar garreg a throi ei lygaid at y gorllewin. Yno âi'r haul i lawr dros ysgwydd bryncyn. Yr oedd yr olygfa'n un i'w chofio byth. Dyna lle'r oedd yr haul yn belen fawr o liw oren, ei godre o liw oren tywyllach, a'r holl awyr lwyd yn gefndir iddi. Cuddid y tai hyll yn y llwydni. Bob yn un ac un deuai goleuni'r lampau i ddawnsio yn yr heolydd ac yn y tai, ac yr oedd y cwm yn ogoneddus.

Daeth cryndod annwyd dros Morgan a chododd ar ei draed. Daeth heddwch eto'n ôl i'w galon. Yr oedd am fynd tua thre a'r ci gydag ef, a rhoi'r chweugain ar y ford i Ann, hyd yn oed petai'n rhaid iddo redeg allan wedyn.

• •

Trafodaeth:

- Beth yw prif thema'r stori?

  Sylwch ar y ffordd y mae safbwynt y stori yn symud rhwng y tri chymeriad.

- 'Dywedasai ei dad wrtho cyn y Nadolig ei fod am brynu ci yn anrheg iddo.'

  Ond nid ci'r plentyn mo Alaw Jim. Pam mae'r tad wedi camarwain y plentyn fel hyn?

- Ychydig o ddeialog sydd yn y stori hon. A oes rheswm dros hynny?

- A yw buddugoliaeth y ci yn y ras yn mynd i ddatrys problemau'r teulu?

- Fe gyhoeddwyd y stori hon mewn cyfrol yn 1937. Pa bethau sy'n dyddio'r stori?

• •

John Gwilym Jones (1904–1988)

Yn 1946 cyhoeddodd John Gwilym Jones gasgliad o storïau yn dwyn y teitl *Y Goeden Eirin*. Rydyn ni eisoes wedi trafod un o'r storïau o'r gyfrol hon ar dudalen 67, sef 'Y Briodas'.

Storïwr realaidd arall yw John Gwilym Jones ond mae ei ddulliau o gyflwyno'i ddeunydd yn amrywio mwy na dull Kate Roberts. Mae mwy o ddiddordeb ganddo ym meddyliau a chymhellion ei gymeriadau.

Yn y stori 'Y Garnedd Uchaf', gwrthgyferbynnir carcharor o lofrudd a gweinidog. Dymuniad y gweinidog yw gweld y carcharor yn edifarhau a gofyn am faddeuant am ei bechodau cyn iddo gael ei grogi. Tua diwedd y stori mae'r carcharor yn rhoi'r argraff ei fod wedi cael tröedigaeth, sy'n peri i'r gweinidog lawenhau. Ond mae'r llenor yn dangos drwy feddyliau'r carcharor nad yw hwnnw wedi newid o gwbl mewn gwirionedd.

Ceir yr hyn a elwir yn 'llif yr ymwybod' yn rhai o storïau eraill y gyfrol — storïau sy'n cyflwyno meddyliau, atgofion a myfyrdod cymeriadau, heb fawr o ddigwyddiadau. Dyna a geir yn 'Y Cymun', 'Y Goeden Eirin', 'Mendio' a 'Cerrig y Rhyd'.

Eigra Lewis Roberts

Bu dylanwad Kate Roberts mor drwm ar lenorion eraill yn y Gymraeg nes i'r rhan fwyaf ohonynt (tan yn ddiweddar) ei dilyn hi drwy ysgrifennu storïau realaidd. Gellir gweld dylanwad Kate Roberts ar waith Eigra Lewis Roberts, Islwyn Ffowc Elis a Harri Pritchard Jones.

Harri Pritchard Jones

Islwyn Ffowc Elis (1924–)

Mae o leiaf un o storïau Islwyn Ffowc Elis yn cyffwrdd â'r ffantasïol neu'r anefelychiadol, sef 'Y Ddafad'.

Yn y stori hon cawn lais ffarmwr yn siarad yn nhafodiaith Dyffryn Ceiriog yn disgrifio dafad ddu 'a dau gorn cyrliog fel hwrdd Cymreig'. Mae'n mynd i ddangos y ddafad hon inni, meddai, ac wrth iddo'n tywys ni tuag ati mae'n dweud sut y bu iddi dyfu a thyfu dros gyfnod o ugain mlynedd er bod defaid eraill y ffarmwr wedi nychu a marw.

Ond ni allai'r ffarmwr ladd yr hen ddafad ddu:

> Mi godes y gwn. Mi neles. A thanio. Ond fel oeddwn i'n tanio, mi symudodd. A be welwn i'n dod i'r golwg tu nôl iddi ond dafad arall, oedd yn pori, ma raid, yn i chysgod hi. Mi ddisgynnodd honno'n gorff, a'i phen yn llawn o siots. Ond y sgyrren ddu? Ddim tamed gwaeth.

Mae'r ddafad ddu yn difetha'i ffarm nes bod y ffarmwr yn teimlo fel ei saethu'i hun. Mae'n ceisio gwerthu'r ddafad 'ddeng milltir i ffwr' ond rywsut mae hi'n dod yn ôl i'r ffarm a dal i dyfu. Dyma ddiwedd y stori:

> Wyt ti'n siŵr na weli di moni? Ydw, debyg iawn mod i'n i gweld hi. Ma hi'n edrych arna i rwan fel sbur, i dau gorn yn cyrlio am i phen hi fel dwy neidar. Ma hi'n bygddu fel canol nos, ac mi frefith mewn munud, ac mi â inne'n sâl swp wrth i chlŵed hi.
>
> Alla i ddim dallt pam na welwch chi moni. Ond ran hynny, dydw i'n dallt fowr ddim byd erbyn hyn. Ond un peth. Cha i ddim gwared ohoni hi byth. Ac ma byth yn amser go hir. Yn dydi?

Mae tro yng nghynffon y stori hon. Nid yw'r awdur yn datgelu mai rhywbeth ym meddwl y ffarmwr yn unig yw'r ddafad ddu tan yn agos at ddiwedd y stori. Mae'n bosibl gweld y ddafad fel symbol o broblemau cynyddol y ffarmwr, problemau cael y ddau ben llinyn ynghyd.

Nid yw stori fer bob amser yn sefyll ar ei phen ei hun fel uned ar ddidol. Yn ei chyfrol, *'Snam Llonydd i' Ga'l,* mae Margiad Roberts yn defnyddio'r un criw o gymeriadau ym mhob un o'i storïau; mae'r storïau yn gysylltiedig o ran cefndir hefyd. Ceir yma gyfres o storïau, felly. Hefyd maent yn rhai doniol iawn er eu bod yn dangos problemau ffermwyr ein dyddiau ni.

Un o'r llenorion mwyaf mentrus yn y Gymraeg yw Robin Llywelyn. Yn 'Y Dŵr Mawr Llwyd', gwelir dylanwad y ffrwd anefelychiadol a ffantasïol ar ei waith, yn enwedig gwaith Kafka. Fel yn achos storïau Kafka, mae Robin Llywelyn yn defnyddio anifeiliaid, symbolau a phethau wedi eu trawsffurfio yn aml iawn yn lle pobl. Darllenwch, er enghraifft, y storïau 'Morys y Gwynt ac Ifan y Glaw', 'Y Dŵr Mawr Llwyd' ac 'Amser y Gwcw yw Ebrill a Mai'.

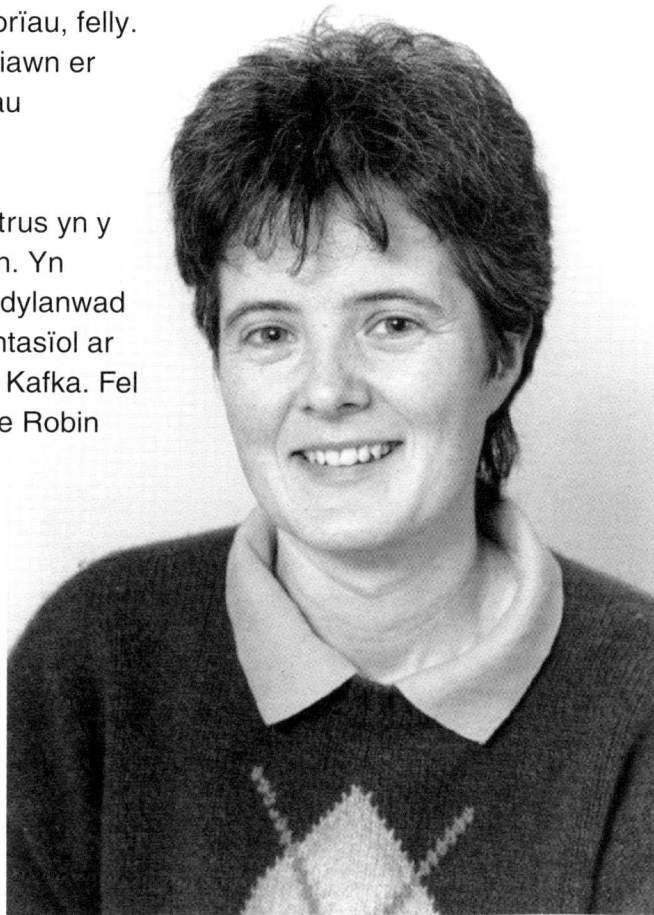

Margiad Roberts

101

Awduron Nodedig Eraill ym Maes y Stori Fer

D J Williams
  Storïau'r Tir

Islwyn Williams
  Cap Wil Tomos a Storïau a Phortreadau

Alun T Lewis
  Blwyddyn o Garchar
  Y Dull Deg
  Cesig Eira

Marged Pritchard
  Unwaith Eto

Harri Pritchard Jones
  Ar y Cyrion

Jane Edwards
  Hon debygem ydoedd Gwlad yr Hafddydd

Aled Islwyn
  Unigolion, Unigeddau

Martin Davis
  Rhithiau
  Llosgi'r Bont

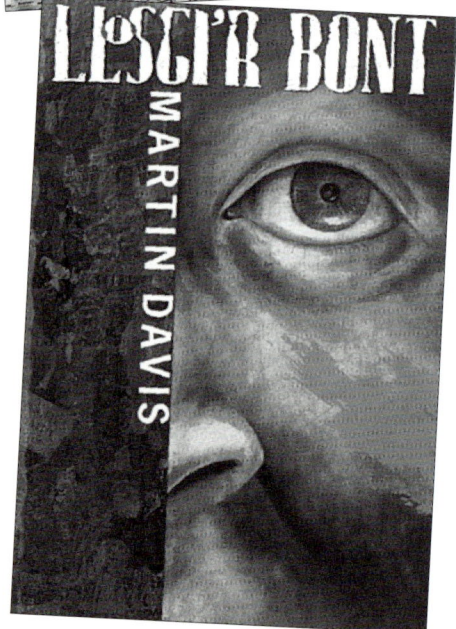

Ymarfer:
Darllenwch gyfrol o storïau byrion.

102

Y Nofel

Y Nofel

Gadewch i stori fer dyfu, ychwanegwch fwy o ddigwyddiadau, mwy o sefyllfaoedd, mwy o gymeriadau a dyna nofel i chi. Stori hir yw nofel. Yn gyffredinol mae beirniaid yn cytuno mai yn y ddeunawfed ganrif y dechreuodd y nofel fel rydyn ni'n meddwl amdani nawr. Mae *Robinson Crusoe* gan Daniel Defoe, a gyhoeddwyd yn 1719, yn nofel gynnar Saesneg.

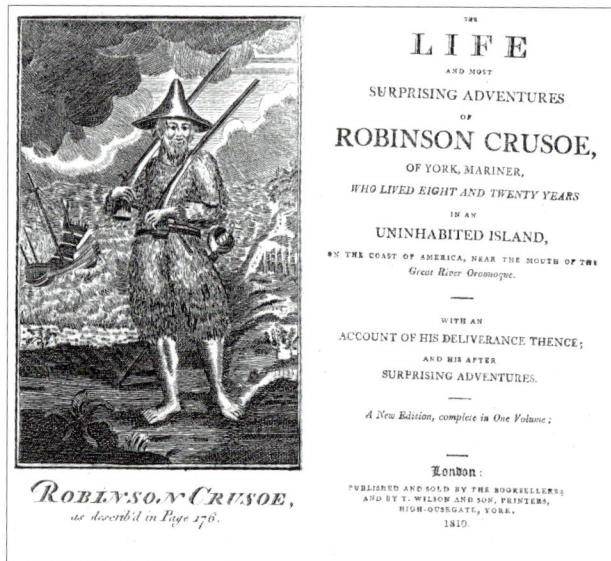

Wynebddalen un o'r fersiynau cynnar o *Robinson Crusoe.*

Mae stori *Robinson Crusoe* yn gyfarwydd i lawer ohonom gan iddi gael ei throi'n ffilmiau a'i haddasu ar gyfer y teledu. Mae'n stori realistig iawn sy'n cael ei hadrodd fel atgofion dyn a gafodd ei adael ar ynys bellennig, unig. Ond fel yn achos y stori fer nid oes unrhyw reol yn dweud bod rhaid i nofel fod yn realistig.

Erbyn heddiw mae amryw fathau ar nofelau i'w cael. Dyma rai ohonynt:

Nofelau Hanes

Nofelau â'r stori wedi'i gosod yn y gorffennol. Mewn nofelau o'r fath ceir rhai cymeriadau sy'n bobl go iawn mewn hanes a rhai cymeriadau sy'n llwyr ddychmygol, ochr yn ochr.

Nofelau Trosedd

Nofelau poblogaidd iawn lle mae'r stori yn troi o gwmpas rhyw drosedd, llofruddiaeth fel arfer. Yn y nofelau hyn mae yna elfen o 'ddisgwyl' a bydd y darllenydd yn ceisio dyfalu pwy yw'r llofrudd. Ac yn aml iawn ceir cymeriad sy'n gweithio fel ditectif yn gorfod datrys y dirgelwch yn y diwedd.

Nofelau Serch

Nofelau poblogaidd sy'n dilyn storïau rhamantus. Yn y Gymraeg mae *Cyfres y Fodrwy* yn cynnig y math hwn o stori.

Nofelau Gwyddonias

Nofelau ffug wyddonol — *science fiction* yn Saesneg. Os oes angen profi nad oes rhaid i nofel fod yn realaidd, dyma'r dystiolaeth. Gall nofel wyddonias ymwneud â robotiaid, digwydd ar blaned arall neu yn y dyfodol pell, a hyd yn oed symud o blaned i blaned ac o amser i amser.

Hefyd ceir

- nofelau am yr hen Orllewin Gwyllt, y *Westerns*;
- nofelau ffantasi (sy'n mynd ymhellach na nofelau ffug wyddonol);
- nofelau arswyd (ysbrydion, fampirod, angenfilod);

a - nofelau antur.

Hynny yw, y nofel, o'r holl ffurfiau llenyddol, yw'r un fwyaf hyblyg a'r ehangaf ei phosibiliadau.

Ymarfer:

Chwiliwch am un enghraifft yr un o'r canlynol:

- nofel ffug wyddonol;
- nofel drosedd;
- nofel hanes.

Deg Nofel o Bwys

1. *Don Quixote*, Miguel de Cervantes, Sbaen

2. *Trosedd a Chosb*, Ffyodor Dostoiefsci, Rwsia

3. *Middlemarch*, George Eliot (Mary Ann Evans), Lloegr

4. *Madame Bovary*, Gustave Flaubert, Ffrainc

5. *À la recherche du temps perdu* (chwilio am yr amser coll), Marcel Proust, Ffrainc

6. *Y Castell*, Franz Kafka, Tsiecoslofacia

7. *Ulysses*, James Joyce, Iwerddon

8. *Lolita*, Vladimir Nabokov, Rwsia/America

9. *L'Etranger* (Y Dieithryn), Albert Camus, Ffrainc

10. *Wide Sargasso Sea*, Jean Rhys, Lloegr

Safbwynt

Mae popeth a ddywedwyd yn y cyd-destun hwn am y stori fer yn wir am y nofel. Mae'r awdur yn gallu adrodd y stori o unrhyw un o'r safbwyntiau hyn:

PERSON	UNIGOL	LLUOSOG
Cyntaf	FI	NI
Ail	TI	CHI
Trydydd	EF/HI	HWY/NHW

Y person cyntaf (*yr wyf fi, rydw i*) a'r trydydd person (*ef/hi, meddai hi, gwnaeth ef*) yw'r safbwyntiau mwyaf cyffredin mewn nofelau. Ond gall nofel fod yn un fonolog neu ymson hir. Gall nofel ddweud stori am rywun arall neu am bobl eraill. Gall nofelydd ddweud y stori i gyd mewn deialog neu ymddiddan sgwrs. Hefyd gall nofel fod ar ffurf llythyrau, dyddiadur, dogfennau, cofiant neu hunangofiant.

Daniel Owen (1836–95)

Daniel Owen yw'r nofelydd cyntaf o bwys yn y Gymraeg. Teitl llawn ei nofel gyntaf yw *Hunangofiant Rhys Lewis Gweinidog Bethel* (1885). Nofel swmpus, realaidd yw hon ac mae'n cael ei chyflwyno i'r darllenydd yn union fel hunangofiant go iawn.

I ddechrau ceir 'Rhagarweinaid' ffug sy'n dechrau fel hyn:

> Mae gweinidog Bethel, ers peth amser bellach, yn gorwedd yn dawel ym mhriddellau'r dyffryn. Yn ei ddydd ystyrid ef yn ŵr call a diymhongar . . .

Mae awdur y 'Rhagarweiniad' yn dweud yn nes ymlaen:

> Yn ddiweddar, pan oeddwn o dan gyfarwyddyd ei ysgutores yn trefnu ei lyfrau gogyfer â'u gwerthiant, trewais ar ysgrif drwchus; ac wedi ei harchwilio cefais mai hunangofiant ydoedd.

Mae stori Rhys Lewis ei hun yn dechrau ar y dudalen nesaf, fel hyn:

I

Cofiannau

Yn ystod fy oes darllenais amryw gofiannau, ac ni allaf byth fesur na phrisio'r difyrrwch a'r lles a gefais trwy hynny.

Mewn geiriau eraill mae'r nofelydd yn gwneud ei orau i beri inni gredu mai hunangofiant go iawn yw hwn a bod y prif gymeriad, Rhys Lewis ei hun, yn dweud ei stori, stori ei fywyd. Felly, nofel yn y person cyntaf yw hon.

Ond mae nofel nesaf Daniel Owen yn y trydydd person ac yn cael ei chyflwyno fel stori am rywun arall. Cofiant y prif gymeriad, Enoc Huws, yw hi. Teitl llawn y nofel hon yw *Profedigaethau Enoc Huws* (1891). Yn debyg i *Rhys Lewis* ceir 'Rhagarweiniad' ffug sy'n rhoi gwedd realaidd i'r cofiant ond mae'r nofel go iawn yn dechrau â'r frawddeg adnabyddus:

Mab llwyn a pherth oedd Enoc Huws, ond nid yn Sir Fôn y ganwyd ef.

Mae'r nofel nesaf gan Daniel Owen, sef *Gwen Tomos Merch y Wernddu,* a gyhoeddwyd yn 1894 hefyd yn y trydydd person. Ond y tro hwn mae'r stori yn dechrau heb unrhyw ffug-ragymadrodd.

Y tair nofel hyn gan Daniel Owen a ysgrifennwyd ar ddiwedd y bedwaredd ganrif ar bymtheg yw clasuron y nofel yn y Gymraeg. Mae iaith y gweithiau hyn yn hynod o gyfoethog, iaith yr hen ganrif.

■ ■ ■ ■ ■ ■ ■ ■ ■ ■ ■ ■ ■ ■ ■ ■ ■ ■ ■ ■

Gan fod y nofel yn hwy, yn feithach na'r stori fer, mae mwy o 'le i symud ynddi', fel petai. Mae gan y nofelydd fwy o le ac amser i ddatblygu cymeriadau a gall ymdrin â digwyddiadau yn fanylach a gall y nofelydd ddefnyddio sawl dull o gyflwyno'r stori o fewn un nofel. Yn wir gall nofel gynnwys sawl stori.

Gadewch inni ystyried y pwyntiau hyn yn fanylach.

Cymeriadaeth

E M Forster

Dywedodd E M Forster y gellid rhoi cymeriadau nofelau mewn dau ddosbarth:

Cymeriadau Crwn neu amlochrog

Cymeriadau Gwastad neu unochrog.

Cymeriadau Gwastad

Mae cymeriadau gwastad yn syml, teipiau ydynt. Anaml iawn y bydd un o brif gymeriadau nofel yn gymeriad gwastad. Cymeriadau ymylol fyddant fel arfer. Ond byddant yn gofiadwy oherwydd eu bod yn ymddwyn mewn ffordd arbennig yn gyson drwy'r nofel, neu'n dweud yr un peth bob tro yr ymddangosant yn y stori.

Yn *Tridiau, Ac Angladd Cocrotshen* gan Manon Rhys, mae merch yn ei harddegau yn gweithio mewn caffi dros yr haf. Ceir yn y nofel gymysgedd o gymeriadau lliwgar; yn eu plith ceir Gwrach yr Woodbine, General de Gaulle, Mrs Don't-Bring-Me-Any-More-Dishes a Richard the Lionheart Druan. Cymeriadau gwastad yw pob un o'r cymeriadau hyn. Llysenwau a roddwyd arnynt gan Eleri, prif gymeriad y nofel (sy'n gymeriad crwn, wrth gwrs) a'i ffrind Valmai yw'r enwau hyn. Ond enghraifft berffaith o gymeriad gwastad yw Mrs Don't-Bring-Me-Any-More-Dishes sy'n gweithio yn y caffi ac sydd wastad yn dweud yr ymadrodd hwnnw fel ei fod yn rhan o'i phersonoliaeth yn y nofel. Fel y dywed E M Forster, cymeriadau doniol gan amlaf yw'r rhai gwastad, fel yn y nofel hon. Mae gweithiau Daniel Owen a Charles Dickens yn llawn ohonynt.

Cymeriadau Crwn

Mae cymeriadau crwn yn fwy cymhleth. Down i wybod mwy amdanynt, eu gorffennol, eu teuluoedd, eu hofnau, y pethau y maent yn eu hoffi ac yn eu casáu. Rydyn ni'n dod i deimlo bod 'cig a gwaed' amdanynt oherwydd mae'r llenor wedi rhoi digon o wybodaeth inni. Cymeriadau crwn fydd prif gymeriadau unrhyw nofel.

Angharad Tomos (1958–)

Astudiaeth o ddau gymeriad yw *Si Hei Lwli* gan Angharad Tomos. Mae dwy fenyw yn mynd mewn car ar daith hir drwy Gymru. Mae'r naill fenyw, yr un sy'n gyrru'r car ac sy'n dweud y stori, sef Eleni, yn gymharol ifanc, a'r llall, Bigw, yn fenyw mewn gwth o oedran.

Bob yn dipyn, ar y daith hon, sy'n rhoi fframwaith i'r nofel down i wybod mwy a mwy amdanynt. Mae sgyrsiau, atgofion a digwyddiadau ar y ffordd yn datgelu mwy o wybodaeth am y naill a'r llall. Erbyn diwedd y daith — hynny yw, diwedd y nofel — rydyn ni'n gweld nad hen fenyw sych mo Bigw ond person llawn hanesion diddorol a chyfrinachau.

Mae'r darn o'r nofel sy'n dilyn yn dangos y gwahaniaeth rhwng y ddwy fenyw:

"Oes gennych chi hances, Eleni?"

"Oes, mae 'na focs o hancesi papur yn rhywle."

"Oes bosib i mi gael un yn awr, mae nhrwyn i'n rhedeg?"

Dim ond yr ochenaid leiaf a roddodd Eleni wrth stopio'r car, ond roedd yn ddigon i Bigw ei chlywed. Tyrchodd o gwmpas y car yn chwilio am y bocs hancesi a daeth o hyd iddo'n y diwedd gan estyn un a'i rhoi yn llaw Bigw. Sychodd Bigw ei thrwyn — roedd yn gas ganddi hancesi papur, fydda hi byth yn eu defnyddio 'blaw bod raid. Dyna grynhoi'r gwahaniaeth rhwng ei hoes hi ac oes Eleni. Cenhedlaeth hancesi papur oedd un Eleni, cenhedlaeth sanau silc a hancesi lês oedd ei un hithau.

Weithiau dywedir bod cymeriad mewn nofel yn amlochrog. Yr un peth â chymeriad crwn yw un amlochrog.

Peth sy'n dangos ein bod ni'n gweld sawl ochr i gymeriad Bigw yw'r gwahanol enwau sydd arni mewn gwahanol rannau yn y nofel. Llysenw arni yn ei henaint yw Bigw; Miss Hughes yw hi, i fod yn gywir; ond Lisi oedd hi i'w ffrindiau a'i theulu ac Elisabeth yn ei hieuenctid.

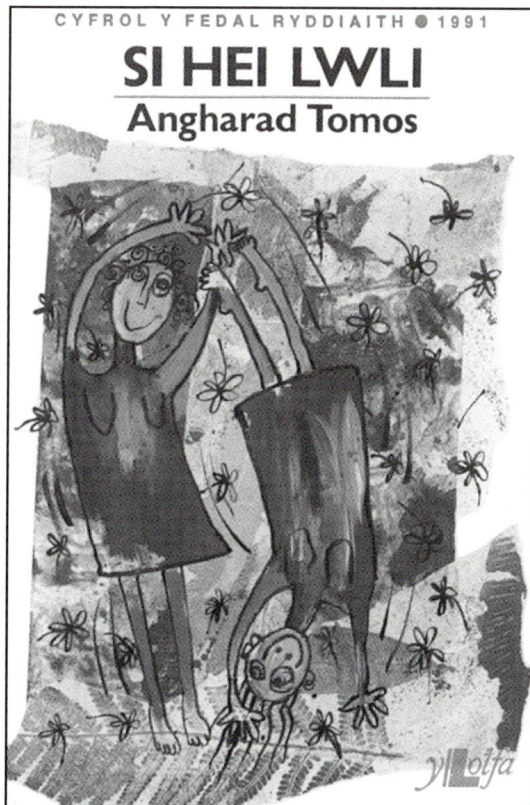

CYFROL Y FEDAL RYDDIAITH ● 1991

SI HEI LWLI
Angharad Tomos

y Lolfa

Realaidd ac Anefelychiadol

Nid yw'r nofel yn wahanol i'r stori fer na'r ddrama o ran bod dwy ffrwd o ysgrifennu yn perthyn i'r ffurf hon eto. Y naill yn realaidd a'r llall yn fwy anefelychiadol. Edrychwch eto ar dudalennau 69–71 er mwyn deall y gwahaniaeth rhyngddynt yn well.

Fel y dywedwyd yno, mae'n anodd meddwl am derm cyffredinol i ddisgrifio ffuglen nad yw'n ceisio efelychu bywyd yn union fel y mae. Nid yw *Un Nos Ola Leuad*, fel y cawn weld, yn ffotograffig o realaidd ond nid yw'n 'afreal' chwaith.

Yn y llyfr hwn, felly, defnyddir y term 'anefelychiadol' i gyfeirio at unrhyw waith sy'n mynd ymhellach nag adlewyrchu bywyd bob dydd.

Y Realaidd

Enghraifft o nofel realaidd yw *Rhwng Dau Lanw Medi* gan Aled Lewis Evans. Gadewch inni ddarllen darn ohoni:

Cafwyd diwrnod annisgwyl o hwyliog yng Nghaffi'r Rendezvous ar ddydd Mawrth Ynyd pan alwyd am gymorth Sybil i daflu crempogau drwy'r prynhawn. Bu Mrs Alaw yn gwneud crempogau efo'r plant yn yr ysgol hefyd, ac fe gawson nhw i gyd flas ar eu gwneud a'u bwyta. Roedd Ioan Wyn yn mynnu fod crempog Nain yn rhagori ac roedd Nain wedi cael cyntaf yn yr Eisteddfod Genedlaethol am wneud crempog, 'Oedd wir...r.'

Yr unig beth a boenai Sybil wrth iddi roi 'toss' i hon a 'toss' i'r llall oedd "Biti fod 'na ddim ci yma i fyta'r fflops, uffe'n." Yna ymlaen â'i gwaith.

"Why did the submarine blush? Because it saw the Queen Mary's bottom. Uffe'n o un dda 'di honne. Y plant sy'n deud nhw wrtha i yn y cantîn. Pam aeth Mickey Mouse i'r lleuad? I chwilio am Pluto. Dwi gyn 'roned â bwced heddiw." Roedd clywed Sybil hyd yn oed efo hen ddefnydd yn gwneud y cyfan yn newydd.

> Ar Ddydd Sant Ffolant gwisgodd Sybil drwsus lledr pwrpasol a chael gwallt 'beehive' i siwtio pawb.
>
> "Dwynwen. Pwy 'di hi? Yn troi'i chariad yn lwmp o rew? Den ti drastic. Biti na 'swn i 'di meddwl gwneud nene. Hyd yn oed os ydach chi 'di dathlu ei dydd hi mae gen i rywbeth i wneud i'ch gwaed chi ferwi ar St Valentine's."

Mae popeth yn y darn hwn yn gwneud i'r darllenydd deimlo'i fod yn darllen am y byd go iawn, y byd rydyn ni'n byw ynddo. Mae'n sôn am bobl gyffredin ac am bethau cyfarwydd i'r rhan fwyaf ohonom; y caffi, crempogau, ysgol, Mickey Mouse. Mae'r bobl yn siarad mewn ffordd naturiol, maent yn cymysgu Cymraeg a Saesneg mewn ffordd ddigon cyffredin. Felly rydyn ni'n derbyn y gwaith hwn fel rhywbeth tebyg i'n bywydau bob dydd ni.

Ond yn y darn uchod mae yna sôn am bethau henffasiwn, y gwallt 'beehive' er enghraifft, oherwydd stori wedi'i gosod yn ôl yn y chwe degau yw hon ac mae'r awdur wedi bod yn ofalus i wneud i'r manylion gyd-fynd â'r chwe degau. Mae hyn yn beth pwysig iawn mewn nofel realaidd am y gorffennol.

Yr Anefelychiadol

Ond mae'r ffrwd anefelychiadol yn ein codi ni allan o'r byd sy'n gyfarwydd inni ac yn ein gollwng i fyd o greaduriaid a lleoliadau dieithr a ffordd o ymddwyn sy'n wahanol iawn i bethau yn ein byd ni.

Robin Llywelyn

Mae *Seren Wen ar Gefndir Gwyn* gan Robin Llywelyn yn nofel sy'n dangos y ffordd hon o ysgrifennu. Gadewch inni gymharu darn o'r nofel honno â'r dyfyniad o'r nofel realaidd uchod.

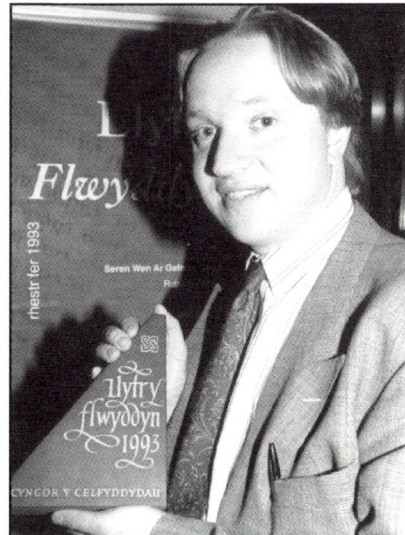

Drwy'r twnnal aethon ni a hwnnw run mor dywyll â'r grisiau ond dyma'r waliau'n mynd oddi wrthan ni a sŵn ein traed ni'n dechra nofio i wagle o'n cwmpas ni a'r munud nesa toedd yna ddim byd ond y llawr o dan ein traed ar ôl a ninna'n troi i bob cyfeiriad ac yn methu canfods run wal na mur na pharad yn nunlla a Tincar Saffrwm yn gweiddi "Ngggwaaa Ngggwwaa" dros bob man a ninna'n gwitsiad am yn hir i gael clwad adlais ei lais o'n dŵad yn ei ôl atom ond chlywson ni ddim byd fel carrag yn disgyn i gwmwl.

"Croeso," meddai'r llais yn ddistaw bach wrth ein hymyl ni.

"Dyna ydach chi'n ei alw fo," meddai Pererin Byd a dagrau lond ei lais wedi dychryn am ei fywyd yn y twllwch.

"Chi ydi Ceidwad yr Atab?" gofynnis inna a fynta'n chwerthin yn braf.

"Triw fel Nos ydw i, gyfeillion. Ei was o ydw i. Fi orchmynnodd Llwch Dan Draed i'ch danfon chi yma och tri."

"Sut fedrith gwas orchymyn dim byd i dywysog?" meddai Pererin Byd wedi dŵad ato fo'i hun chydig bach ond chymerodd Triw fel Nos ddim sylw ohono fo.

"Mae gen i waith ichi," medda fo.

"Ngwaaa Ngwaaa Nggng," meddai Tincar Saffrwm o'r twllwch.

"Be ddeudodd o?" meddai Triw fel Nos.

"Wedi hurtio mae o wyddoch chi," meddwn inna, "Tydi o'm yn gall."

"Gadwch iddo fo siarad!"

Fe welwch y gwahaniaeth yn syth. Mae hyd yn oed yr enwau yn anghyffredin, heb sôn am bethau rhyfedd fel y twnnel tywyll, y waliau'n symud i ffwrdd a'r llais yn dod o'r awyr, fel petai.

Nid yw'r naill ffordd na'r llall yn well na'i gilydd. Dwy ffordd o ysgrifennu sydd yma ac mae pob llenor yn rhydd i ddewis ei ffordd ei hun.

Ymarfer:

Crëwch restr o enwau ar gyfer nofel realaidd.

Crëwch restr arall o enwau addas ar gyfer nofel anefelychiadol.

Nofelau realaidd oedd y nofelau cyntaf yn y Gymraeg. Cyhoeddwyd nofel gynnar iawn fel cyfres o lythyron mewn cylchgrawn ac nid oedd y darllenwyr yn sylweddoli mai ffuglen oedd *Llythyrau Anna Beynon*, gan mor realistig oeddent. Nofelau realaidd oedd rhai Daniel Owen i gyd. Ar ôl Daniel Owen daeth Kate Roberts a T Rowland Hughes i ddylanwadu ar lenorion eraill, a nofelau realaidd oedd eu gweithiau nhw hefyd.

T Rowland Hughes

Realaidd oedd y rhan fwyaf o nofelau Cymraeg yr ugeinfed ganrif er bod nofelwyr mewn gwledydd ac ieithoedd eraill wedi cynnal y ddwy ffrwd. Ond yn ddiweddar mae llenorion fel Wil Owen Roberts a Robin Llywelyn wedi arbrofi gyda dulliau gwahanol i'r rhai realaidd gyda llwyddiant.

Caradog Prichard (1904–1980)

Yn 1961 cyhoeddwyd nofel gwbl anghyffredin a gwahanol i bopeth arall a gafwyd yn y Gymraeg cyn hynny sef *Un Nos Ola Leuad* gan Caradog Prichard. Nofel fyrlymus, fywiog yw hon, llawn storïau rhyfedd a chymeriadau od. Mae'r cyfan yn cael ei adrodd yn y person cyntaf ac yn cael ei weld o safbwynt bachgen ifanc.

Ond, nid yw'r sefyllfa mor syml â hynny. Dyn yn cofio'i blentyndod sy'n adrodd y storïau. Gan fod lle i gredu bod yr adroddwr hwn yn wallgof, mae'n anodd dweud beth sy'n wir a beth sy'n ddychymyg yn y nofel hon.

Edrychwch ar y darn hwn o *Un Nos Ola Leuad*:

Ia, rydan ni gyd yn gwybod hynny, medda Tad Wil Bach Plisman, ond nid i'r fan honno aeth o heno. Mi gwelodd Mistar Huws o'n cychwyn ffordd arall, a fedra fo ddim ond ei gneud hi am y Weun neu Braich y ffordd honno. Rwan, pawb at ei griw a ffwrdd â ni, neu mi fydd yn ola dydd. Cerwch chitha eich tri adra. Gwely ydi'ch lle chi, ichi gael codi i fynd i Rysgol, medda fo wrthan ninna.

Ia, dos di'n ôl i dy wely'n hogyn da, Moi, medda Yncl Now Moi.

Dyma ninna'n sefyll yn y Groeslon am dipyn bach i adael i'r ddau griw fynd yn eu blaena am Weun a Braich.

Well i ni fynd ar eu hôla nhw? meddwn i. Mi faswn i'n leicio'u gweld nhw'n dal Em Brawd Now Bach Glo.

Ia, mi awn ni, medda Moi.

Dim ond dipyn bach o'r ffordd ynta, medda Huw, ne mi ga i gweir gen Mam ar ôl mynd adra.

Ar ôl pa griw awn ni? meddwn inna.

Dydw i ddim eisio mynd i fyny'r Weun i Ben foel, medda Huw.

Olreita, medda Moi, mi awn ni i fyny Lön Bosl? medda Huw

Taw y ffŵl, meddwn i, welwn ni mono fo.

Os gwelwn ni o, mi chwibanwn ni am y lleill a rhedeg adra, medda Moi.

Dew, fûm i rioed allan mor hwyr â heno, medda Huw. Lle rydach chi'n meddwl aeth o, lats?

Wn i ddim, fachan, meddwn i.

Na finna chwaith.

Er bod sawl cymeriad yn siarad yma — Tad Wil Bach Plisman, Yncl Now Moi, Moi, Huw a'r adroddwr ei hun — nid yw'r awdur yn defnyddio dyfynodau o gwbl. Yr awgrym yw bod y cyfan yn mynd trwy ben y prif gymeriad, ei atgofion ef yw'r cyfan.

Nid yw'r adroddwr — y prif gymeriad, sydd yn ymddangos yn y storïau fel bachgen ifanc — nid yw e byth yn cael ei enwi.

Nid un stori yn cael ei hadrodd o'r dechrau ymlaen at y diwedd sydd yn y nofel hon, ond casgliad o storïau ac anturiaethau bach. Ac nid ydynt yn dilyn trefn amser. Weithiau mae'r adroddwr yn mynd yn ôl yn ei gof ac yna'n neidio yn ei flaen, ac wedyn yn mynd yn ôl eto. Yng nghanol y nofel ac eto tua'r diwedd mae'r awyrgylch yn newid a cheir darnau nad ydynt yn dilyn y storïau, darnau barddonol fel hyn:

Chwyth y cynnar oleuni dros dywyllwch fy llygaid a dedwydd wyf; canys yn y prynhawn daw i mi fy nghyntafanedig.

Fy mreichiau nis cofleidiant a'm traed ni ddysgant iddo'i fore rodfeydd; eithr fy nwyfron a'i maetha a'i gusan fydd gynnes ar fy ngrudd.

Dangosaf iddo ryddid yr uchel a'r isel eangderau; ac mi a'i gwnaf yn gelfydd yn ffyrdd caethiwed y pridd.

Plannaf fy hiraeth yn ei ymysgaroedd; ac adeiladaf dyrau gobeithion yn ninas ei benglog.

Llanwaf giliau ei lygaid â chudd ffynhonnau fy nagrau; a thynnaf o'r haul a'r lloer ei ddogn o chwerthin.

Darnau ym meddwl y prif gymeriad yw'r rhain eto, darnau sydd i fod i gyfleu ei wallgofrwydd, efallai.

Felly, fel y gwelwch, mae *Un Nos Ola Leuad* yn nofel anghyffredin iawn. Os oedd yna unrhyw reolau i'r nofel, rhaid bod y nofel hon wedi torri'r rhan fwyaf ohonynt! Mae *Un Nos Ola Leuad* yn dangos inni fod y nofel yn ffurf lenyddol hyblyg. Mewn nofel mae'r llenor yn gallu chwarae gydag amser a gall amrywio'i arddull fel y gwna Caradog Prichard yn y nofel hon. Ynddi mae'r iaith weithiau yn fratiog ac yn dafodieithol a chyffredin, pan fo'r plentyn yn siarad ac yn chwalu meddyliau, bryd arall gall fod yn grand, yn farddonol ac yn Feiblaidd.

Defnyddio Amser

Mae hyd y nofel yn golygu bod y llenor yn gallu defnyddio amser yn fwy nag yn y stori fer. Yn *Si Hei Lwli* cawn ddarnau o fywyd hir Bigw, ac yn *Un Nos Ola Leuad* mae'r bachgen yn tyfu o fod yn grwtyn bach i fod yn ddyn ifanc. Yn y nofel yn fwy nag yn y ddrama mae'r llenor yn gallu mynd i mewn i feddyliau ac atgofion y cymeriadau. Cyfuniad o feddyliau, atgofion a sgyrsiau sydd yn *Si Hei Lwli* ac yn *Un Nos Ola Leuad*.

Mae Kate Roberts yn defnyddio amser yn effeithiol yn *Traed Mewn Cyffion*. Mae'r nofel hon yn rhychwantu tair cenhedlaeth ond mae'n ymestyn ymhellach na hynny hyd yn oed gan fod pum cenhedlaeth ynddi i gyd. Mae'n dangos, fel nofel yn y trydydd person, sut y gellid newid safbwynt neu ffocws y stori. Ar y dechrau y prif gymeriad yw Jane Gruffydd sydd newydd briodi Ifan y Fawnog. Nid yw mam Ifan yn hoffi Jane. Yna mae Jane yn cael plant ac yn mynd i ymweld â'i rhieni. Yn nes ymlaen mae merch Jane yn cael plentyn; dyna sôn am bedair cenhedlaeth. Ond mae'r ffocws yn newid yn raddol o Jane Gruffydd at Owen ei mab. Dyma gart achau sy'n dangos teulu'r nofel:

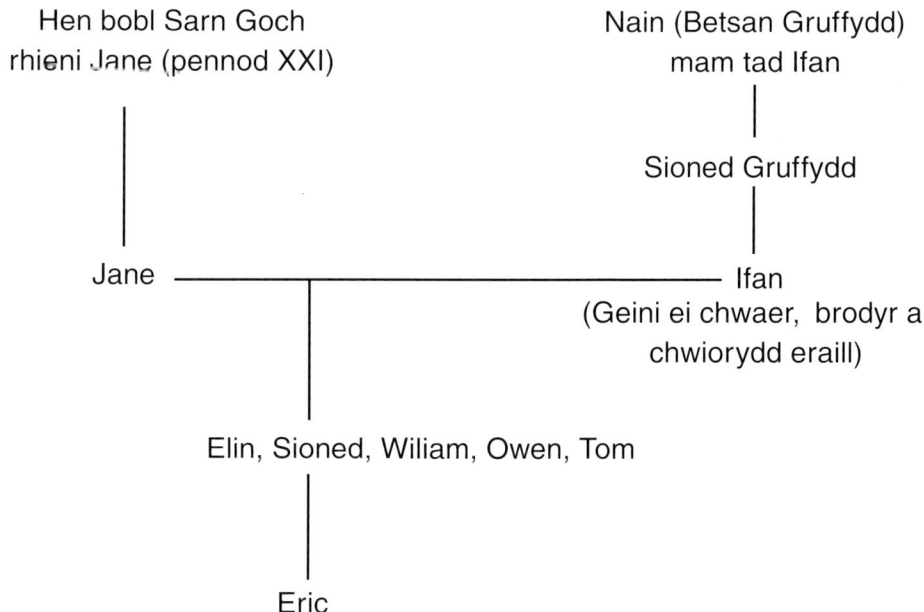

```
Hen bobl Sarn Goch                          Nain (Betsan Gruffydd)
rhieni Jane (pennod XXI)                          mam tad Ifan
        |                                                |
        |                                        Sioned Gruffydd
        |                                                |
        |                                                |
      Jane ————————————————————————————————— Ifan
                          |                 (Geini ei chwaer, brodyr a
                          |                      chwiorydd eraill)
                          |
        Elin, Sioned, Wiliam, Owen, Tom
                          |
                          |
                        Eric
```

119

Er bod y nofel yn ymestyn o Sioned Gruffydd at blant ei phlant nid yw *Traed Mewn Cyffion* yn nofel hir iawn. Yr hyn y mae Kate Roberts yn ei wneud yw cywasgu manylion bywydau ei phrif gymeriadau. Edrychwch ar y ddwy bennod gyntaf. Rydyn ni'n cwrdd â Jane Gruffydd yn fuan ar ôl ei phriodas, ni wyddom ddim am ei bywyd cynnar, dim am ei phlentyndod. O fewn y penodau nesaf mae'n fam ifanc i fwy nag un plentyn. Felly, mae'r stori wedi neidio dros nifer o flynyddoedd. Mae Kate Roberts yn dewis a dethol digwyddiadau o bwys ym mywydau ei chymeriadau er mwyn dweud stori hir mewn ffordd gryno.

Yn *Rhys Lewis* mae Daniel Owen yn dilyn bywyd y prif gymeriad yn agos iawn ac yn rhoi llawer mwy o wybodaeth inni am bob cam yn ei ddatblygiad. Mae'n nofel hir oherwydd mae'n ceisio dweud holl hanes bywyd Rhys Lewis.

Ond gall nofel chwarae ag amser mewn ffordd arall: drwy estyn darnau byrion o amser a chraffu'n fanwl ar nifer o ddigwyddiadau bach. Nofel Gymraeg sydd yn gwneud hyn yw *Tri Diwrnod ac Angladd* gan John Gwilym Jones. Mae'r teitl yn dweud y cyfan on'd yw e? Ar ôl amser hir heb iddo fod ar gyfyl ei gartref, mae Elwyn Price yn ymweld â'i rieni ac yn sylwi ar yr holl newidiadau ynddynt. Yng nghwrs y nofel bydd farw'r fam. Nofel ddwys a difrifol yw hon. Ceir parodi o'r teitl mewn nofel arall sy'n canolbwyntio ar dri diwrnod, sef *Tridiau, ac Angladd Cocrotshen* gan Manon Rhys. Nofel ddoniol a difyr iawn sydd yn edrych yn ôl ar y chwe degau.

Dechrau Nofel

Rhaid i nofel ddal ein sylw o'r cychwyn cyntaf os yw'n mynd i'n cadw ni i ddarllen chwe deg o dudalennau a mwy.

Gellir rhoi dechrau nofel yn un o bedwar dosbarth cyffredinol. Ond **nid rheolau** mo'r rhain, dim ond ffordd o ddisgrifio gwahanol ddulliau o ddechrau stori hir.

1. Dechrau Swynol

Dyma ddechrau sydd yn ein cyflwyno ni i awyrgylch arbennig. Y byd a bywyd cyffredin ond wedi'i ddisgrifio mewn ffordd anghyffredin. Bydd y dechrau hwn yn ein hudo ni ac yn ein procio i ddarllen ymlaen. Enghraifft berffaith o'r dechrau swynol yw brawddegau agoriadol *Traed Mewn Cyffion* gan Kate Roberts:

> Sŵn pryfed, sŵn eithin yn clecian, sŵn gwres, a llais y pregethwr yn sïo ymlaen yn felfedaidd. Oni bai ei fod allan yn yr awyr agored buasai'n drymllyd, a buasai mwy na hanner y gynulleidfa'n cysgu.

Crëir teimlad barddonol gan yr ailadrodd: y tri 'sŵn', y sain 's' (eto yn 'sŵn' a 'gwres', 'llais' a 'sïo'), a chan y ffigur ymadrodd 'sŵn gwres' sy'n creu delwedd yn y meddwl o'r olygfa. Ond rhaid dweud bod y darn agoriadol hwn yn ein twyllo oherwydd nid yw'r golygfeydd sy'n ei ddilyn yn rhai cyfforddus o gwbl.

2. Dechrau Trawiadol

Mae'r math hwn o ddechrau yn rhoi sioc inni, mae'n annisgwyl ac yn ein taro drwy ddweud rhywbeth rhyfedd, brawychus weithiau. Rhaid inni ddarllen ymlaen gan fod y brawddegau agoriadol yn ennyn ein diddordeb yn syth bin. Dyma, er enghraifft, ddechrau nofel Wil Roberts, *Bingo!*:

> Fe wyddai o'r eiliad y deffrôdd y bore hwnnw y byddai'n lladd rhywun.

Pwy yw hwn? Pam mae'n teimlo fel hyn? Fydd e'n lladd rhywun neu beidio? Mae'r frawddeg wedi ein dal fel pysgodyn ar fachyn.

3. Dechrau Dirgel

Nid oes dim tebyg i dipyn o ddirgelwch, tipyn o bos ar y dechrau, i ennyn chwilfrydedd. Pan geir hynny byddwn yn siŵr o ddarllen mwy er mwyn cael esboniad a datrys y pos. Dyma'r math ar ddechrau sydd i nofel wych Robin Llywelyn, *O'r Harbwr Gwag i'r Cefnfor Gwyn*:

> Rywle yng nghanol cyfnos y ddinas mae 'na ffôn yn canu mewn stafell wag. Mae'r sŵn yn llifo fel atgof hyd y coridorau ac i fyny ac i lawr y grisiau ond ni threiddia fawr i'r rhandai eraill, heibio'u drysau trwm a'u chwerthin teledu.

Os yw'r ystafell yn wag ac os nad yw'r sŵn yn treiddio i lefydd eraill, pwy sy'n ei glywed? Dyma ddirgelwch gwych ar ddechrau nofel. Mae'r enghraifft hon yn profi hefyd nad yw'r dosbarthiadau hyn yn gaeth oherwydd mae'r dechrau hwn yn swynol hefyd ac yn drawiadol, felly mae'n gorgyffwrdd â'r dosbarthiadau eraill.

4. Dechrau Disgwylgar

Gyda'r math hwn ar ddechrau fe gawn ni'n cyflwyno i sefyllfa lle mae rhywbeth **yn** digwydd yn barod ac sy'n awgrymu rhyw ddigwyddiad arall i ddod. Mae'r dechrau hwn yn peri inni ddisgwyl rhywbeth ac mae'n ddechrau go gyffrous os yw'n gweithio'n iawn.

Elena Puw Morgan

Un o'r dechreuadau gorau y gwn i amdano i unrhyw nofel yw brawddeg gyntaf *Y Graith* gan Elena Puw Morgan:

Gwasgodd Dori y glicied i lawr yn ddistaw.

Dyma ni'n cael ein cyflwyno'n syth i gymeriad, Dori, sy'n gwneud rhywbeth, sef gwasgu clicied drws. Y gair allweddol yma yw'r adferf 'yn ddistaw'. Mae hi'n ofni gwneud sŵn, ond pam? Ble mae hi'n mynd? Mae'n mynd drwy ddrws (i mewn neu allan?) ond i ble? I ni'r darllenwyr, wrth gwrs, mae Dori yn ein harwain i mewn drwy ddrws y nofel ei hun.

Ymarfer:

- Chwiliwch am ddeg o frawddegau cyntaf effeithiol i nofelau.
- Nid oes rhaid i chi ddarllen y nofelau i gyd, dim ond eu brawddegau cyntaf! Ond darllenwch y nofel â'r frawddeg gyntaf orau yn eich barn chi.
- Lluniwch frawddeg gyntaf eich nofel fawr chi eich hun.

Corff y Nofel

Nawr, dyma'r gwahaniaeth rhwng nofel a stori fer. Gan fod y stori yn fyrrach na'r nofel mae llai o bellter rhwng y dechrau a'r diwedd. Mae perthynas agos rhwng pen a chynffon stori, felly. Ond nid yw diwedd nofel mor bwysig â'r dechrau. Mae'r darllenydd sydd yn edrych ar dudalen olaf nofel er mwyn gweld 'beth sy'n digwydd yn y diwedd' yn ei dwyllo'i hun ac yn colli holl bwrpas y nofel. Pwrpas y nofel yw'r stori a'r storïau sydd yn cael eu dweud rhwng y dechrau a'r diwedd, a'r ffordd mae'r llenor yn llenwi'r darn mawr yna yn y canol sy'n bwysig.

Prin iawn yw'r nofelau sy'n cyflwyno stori fel llinell unionsyth sy'n dechrau yn y dechrau ac yn mynd ymlaen o gam i gam nes cyrraedd y diwedd. Bydd stori nofel yn dilyn llinell igam ogam, yn mynd yn ôl mewn amser weithiau, yna'n neidio ymlaen. Bydd y safbwynt yn newid o gymeriad i gymeriad efallai, a bydd sôn am fwy o ddigwyddiadau mewn nofel nag yn y stori fer fel arfer. Nid yw hyn yn wir am bob nofel, ond mae'n wir yn gyffredinol. Digwyddiadau sy'n ymestyn nofel.

Meddyliwch am brif ddigwyddiadau *Traed Mewn Cyffion* gan Kate Roberts:

Crynodeb o benodau *Traed Mewn Cyffion*

I   Cyflwyno Jane Gruffydd, newydd briodi Ifan y Fawnog.

II   Jane yn anghytuno â Sioned, ei mam-yng-nghyfraith, ond yn dod i adnabod Geini, ei chwaer-yng-nghyfraith.

III   Jane a Geini yn mynd i weld Nain.

IV   Jane yn fam ifanc, yn hiraethu am ei chartref yn Llŷn.

V   Salwch Ifan. Jane yn cwrdd â brodyr a chwiorydd eraill ei gŵr. Ifan yn gwella.

VI   Geni Wiliam ac Owen. Owen yn ennill swllt a cheiniog yn y capel ond yn sgil hynny yn dysgu am dlodi'i rieni.

VII Owen yn ennill ysgloriaeth i'r Ysgol Sir. Sioned yn dechrau caru a theimlo'i thraed.

VIII Geini yn gadael ei mam, yr hen Sioned. Morus Ifan yn tynnu sylw Ifan at garwriaeth Sioned ifanc.

IX Carwriaeth Owen a Gwen. Jane ac Ann Ifans (cymdoges) yn gweld Owen yn cael ei wobrwyo yn yr ysgol. Diwedd carwriaeth Owen a Gwen.

X Twm yn lletya gydag Owen.

XI Tlodi Jane ac Ifan yn dwysáu. Wiliam yn troi at wleidyddiaeth Sosialaidd.

XII Marwolaeth yr hen Sioned Gruffydd. Anghytundeb ynglŷn â'r ewyllys. Yr hen wraig yn gadael ei harian i'w hwyres, Sioned.

XIII Pawb yn y teulu yn ddig am fod Sioned wedi cael arian ei mam-gu. Hithau'n priodi Bertie. Hwnnw yn ymweld â'r Ffridd Felen.

XIV Jane Gruffydd yn mynd i'r dref i siopa. Y fasged mae hi'n ei phrynu i Owen yn symbol o chwalu'r teulu.

XV Wiliam yn mynd i'r De.

XVI Adolygiad o'r sefyllfa hyd yma drwy sgwrs rhwng Jane Gruffydd ac Ann Ifans. Owen yn gweithio. Plentyn (Eric) gan Sioned. Ifan yn henciddio. Wiliam yn y De.

XVII Sioned yn gorfod dwyn bwyd ei brawd ifanc, Twm. Hwnnw yn symud i lety arall.

XVIII 'Dirywiad' Sioned.

XIX Rhagor o chwerwedd ynglŷn â Sioned. Owen yn dechrau ei yrfa fel athro ond tlodi yn dal i fod yn llethol.

XX Gŵr Sioned yn ei gadael.

XXI   Wiliam yn dod o'r De gyda'i wraig Poli. Y teulu yn ymweld â theulu Jane (hen bobl Sarn Goch). Y Rhyfel yn dechrau. Twm yn ymuno.

XXII Twm yn dychwelyd i'r Ffridd Felen yn filwr. Yna'n gadael eto am Ffrainc.

XXIII Twm yn cael ei ladd.

XXIV Owen yn mynd ag Eric am dro i'r De ac yn gweld Sioned. Jane Gruffydd yn taro'r swyddog pensiynau.

XXV   Owen yn myfyrio uwchben ei fywyd. Y diwedd.

Ymarfer:

Darllenwch *Traed Mewn Cyffion*.

Fframwaith neu strwythur digon syml sydd i *Traed Mewn Cyffion*. Mae'r awdures yn cyflwyno plant i ddangos amser yn symud. O'r amlinelliad uchod fe welwch na fyddai'r dudalen olaf yn golygu dim heb gorff y nofel. Ond weithiau gall strwythur nofel fod yn gymhleth iawn.

Un o'r nofelau mwyaf cymhleth ei strwythur yn y Gymraeg yw *Un Nos Ola Leuad* gan Caradog Prichard. Mae'r stori yn cael ei hadrodd gan ddyn dienw, a'r cymeriad hwn yw canolbwynt y nofel; daw'r holl stori oddi wrtho ef. Bob yn dipyn down ni i ddeall bod y prif gymeriad hwn wedi dod yn ôl i fro'i blentyndod wedi bod i ffwrdd, mewn gwallgofdy o bosib, dros amser hir. Mae'n hel atgofion, a dyna gorff y nofel. Ond mae'r atogofion hyn yn byrlymu ohono. Mae pob pennod yn llawn o ddigwyddiadau neu storïau bach.

Gadewch inni edrych ar y bennod gyntaf yn unig:

i	Ar y dechrau mae'r prif gymeriad dienw, fel plentyn, yn cyfarch Brenhines y Llyn Du sydd yn ei ateb yn famol.
ii	Mae'n cyflwyno'i gyfaill mynwesol Huw.
iii	Preis Sgŵl, yr athro, yn cam-drin Jini Bach Ben Cae.
iv	Y bechgyn a Nel *Fair View* a Cêt Rhesi Gwynion yn mynd i Ben Rallt Ddu i gael picnic.
v	Yn cwrdd â dyn gwirion, Harri Bach Clocsia, ar y ffordd.
vi	Hwyl a chwarae mentrus ar y mynydd. Sôn am y rhyfel.
vii	Cymeriad gwallgof arall, Wil Elis Portar, yn cael 'ffit'.
viii	Cyflwyno Moi, cyfaill arall i'r prif gymeriad.
ix	Ffrae ffyrnig rhwng Yncl Now Moi a Mam Moi.
x	Y bechgyn yn mynd i weld corff Em yn ei arch.
xi	Catrin Jên yn cael ei gyrru o'i chartref.
xii	Ffrae rhwng Now Morus Llan a Bob Robaits Ceunant y tu allan i dafarn y Blw Bel.
xiii	Ffranc *Bee Hive* a Gres Elin yn caru a'r bechgyn yn eu gweld.
xiv	Y bachgen a'i fam. Y bachgen yn sôn am rai o'r digwyddiadau hyn wrthi.

Ond nid yw'r crynodeb hwn yn deg â'r ffordd mae'r awdur yn cyflwyno'i stori. Mae'r cyfan yn llifo, yr holl enwau rhyfedd, y cymeriadau od a'r digwyddiadau trwstan.

Yn y bennod gyntaf hon, mae'r llais dienw yn sôn am Em yn ei arch, wedi marw. Ond yn nes ymlaen yn y nofel cawn gwrdd ag Em yn fyw. Nid yw'r cymeriad wedi dod yn fyw ond mae'r llais dienw yn symud yn ôl at amser arall yn ei atgofion pan oedd Em yn fyw. Ac mae'r llenor yn gwneud hyn dro ar ôl tro; symud yn ôl ac ymlaen mewn amser. Yn wir mae modd aildrefnu penodau'r nofel yn ôl trefn amseryddol fel y dangosir yn y tabl sydd ar y dudalen nesaf:

Rhif y bennod yn y llyfr	Trefn gronolegol	Oed y bachgen yn fras
XII	1	9
III	2	9
I	3	9
II	4	10
X	5	10
IV	6	10
V	7	10
VI	8	11
VII	9	11
IX	10	12
XI	11	13
XIII	12	14
XIV	13	14
VIII } XV	Heb fod yn rhan o drefn amseryddol y nofel.	

Tafodiaith

Mae'n bwysig inni gadw'n tafodieithoedd, wrth gwrs, ond wedi dweud hynny mae'n bwysig hefyd inni gydnabod bod Cymru wedi newid ac fel rhan o'r byd modern rydyn ni'n cymysgu â Chymry o bob ardal ac yn clywed gwahanol acenion ar y teledu ac ar y radio ac yn y gymdogaeth. Yn anochel, mae'r tafodieithoedd i gyd wedi newid, sy'n beth naturiol mewn iaith fyw. Ond mae'n ffasiynol ar hyn o bryd i ysgrifennu mewn tafodiaith. Mae hyn yn iawn pan fo'r awdur â gafael naturiol ar ei dafodiaith. Ond rhaid bod yn ofalus. Nid oes dim byd gwaeth mewn llyfr na thafodiaith artiffisial. Yn aml iawn mae'r defnydd o dafodiaith yn arwydd o ansicrwydd yn hytrach nag o sicrwydd iaith. Pan oedd y Gymraeg yn gadarnach fe gondemnid defnyddio tafodiaith mewn nofelau — collfarnwyd Winnie Parry am ysgrifennu darnau hir o'i nofel, *Sioned,* mewn tafodiaith. Y peth pwysicaf yw bod iaith nofelydd yn glir ac yn ddealladwy i'r rhan fwyaf o ddarllenwyr.

Gwelir tipyn o dafodiaith yng ngwaith Kate Roberts yn y ddeialog, tafodiaith ogleddol gan amlaf ond tafodiaith ddeheuol weithiau (fel yn 'Buddugoliaeth Alaw Jim'). Nofel dafodieithol iawn yw *Un Nos Ola Leuad* gyda'r rhan fwyaf o'r llyfr yn atgynhyrchu tafodiaith Bethesda. Gwaetha'r modd, er cyhoeddi *Un Noson Ola Leuad* yn 1961, mae gormod o lenorion Cymraeg wedi ceisio dynwared iaith lifeiriog Caradog Prichard.

Yn *Pam Fi, Duw, Pam Fi?*, mae John Owen yn defnyddio amrywiaeth o wahanol fathau o Gymraeg o fewn un nofel. Mae gan bob cymeriad ei ffordd ei hun o siarad ond Cymraeg ysgolion y De yw prif dafodiaith y gwaith. Yn y dyfyniad sy'n dilyn, daw iaith y De i gwrdd ag iaith y Gogledd mewn ffordd ddoniol ond arwyddocaol iawn.

John Owen

Cyrradd Rhuthun a 'na le odd y trŵps yn aros — y Shad, y Dirprwy, y Ddirprwyes, a Soffocles — dyn a ŵyr pam 'i fod e 'na!

A'n rhannu ni'n dau neu dri. Ac, wrth gwrs, pump! Un fenyw ddwl garedig yn barod i gymryd pump o hogia nobl!! God help her! Îfs, fi, Spikey, Rhids a Bili Ffat i gyd yn aros yn ei charafán ar y fferm. O'n nhw mor neis. Wel, o'n i ac Îfs yn deall hi'n iawn ac, ar ôl y bolacin eithafol dawel gan lygaid y Shad, wy'n credu deallodd Spikey a Rhids pa mor bwysig o'dd bihafio'n gall yn mynd i fod.

So, peilon ni mewn i'r landrofer 'ma o'dd yn drewi o anifeiliaid a 'na le o'n ni'n pump yn gwrando arni'n siarad a neb yn dweud dim rhag ofn ein bod ni'n rhoi'r ateb anghywir.

Wel, o'n i'n deall, ond nagon i moyn dangos 'yn hunan, nes i Bili Ffat bwno fi a gweud,

"Go on, ti'n siarad Gog, cyfieitha."

Menyw: Gawsoch chi siwrne go lew?

Fi: Do, diolch.

Menyw: Mae'n dipyn o ffordd o'r De acw.

Fi: Ydy.

Menyw: Oes gynnoch chi awydd bwyd rŵan?

Fi: Gethon ni beth yn Llanidloes.

Menyw: Wel, gewch chi weld y giarafán gynta, wedyn wna i
         hulio llond lle i chi gael estyn ato fo.

Licen i 'sa camera 'da fi. O'dd tshops y tri 'na fel tasen nhw 'di lando ar gyfandir diarth, nage rhan arall o'n gwlad. O'n i'n bosto ishe wherthin achos dyw'r Gogs ddim yn siarad mor ofnadwy o wahanol â 'na i ni, acen falle, ac ambell i air, ond 'ma lot gormod yn ca'l 'i neud o'r gwahaniaeth ieithyddol 'ma.

Yn nofelau John Owen y gwelir y defnydd mwyaf creadigol o'r iaith Gymraeg yn y naw degau.

Cymeriadau o'r gyfres deledu
Pam Fi, Duw, Pam Fi?

Iaith ac Arddull

Prin bod angen dweud mai iaith yw'r elfen bwysicaf ym mhob un o'r ffurfiau llenyddol: llên gwerin, barddoniaeth, drama a rhyddiaith y stori fer a'r nofel. Ond mae'n werth pwysleisio pwysigrwydd iaith a'r ffordd mae'r llenor yn defnyddio iaith yn ei waith.

Y peth gorau i'w wneud yw inni edrych ar nifer o enghreifftiau.

Arddull Hynafol

Yn y tri degau deffrowyd y nofel Gymraeg o'i thrymgwsg gan Saunders Lewis gyda'i nofel, *Monica*. Mae stori'r nofel hon yn arbennig o ddiddorol ond cafodd yr awdur ei feirniadu'n hallt ar gorn ei iaith. Meddyliwch am yr olygfa hon lle mae Monica yn cwrdd â Bob Maciawn am y tro cyntaf ac yn cwympo mewn cariad ag ef er bod ei chwaer Hannah wedi dyweddïo ag ef yn barod. Hefyd, yn yr olygfa hon ceir tad Monica a Hannah:

Neidiodd Hannah o'i chadair:

"Dyro fatsen imi Bob, mi oleuaf."

"Na, paid â goleuo."

Tybiodd Monica iddi sgrechian ei hateb, ond nis clywodd Hannah hi. Goleuodd y lamp. Tynnodd gortyn wrth gongl y ffenestr oni ddisgynnodd y bleind Fenis gyda thrwst i'r gwaelod. Edrychodd Monica ar gefn gymesur ei chwaer, ei hysgwyddau llydain, sioncrwydd athletig ei hosgo. Eisteddodd Hannah o flaen y piano a dechreuodd chwarae ffocstrot boblogaidd. Triniodd y piano mor dyner ag organ faril a galwodd:

"Bob, tyrd yma i droi'r dail i mi. Taniwch eich pib Dadi."

Mae'r iaith yn ddieithr on'd yw hi? Mae rhyw naws henffasiwn yn perthyn iddi. Ond hyd yn oed pan gyhoeddwyd y nofel gyntaf roedd ei hiaith yn taro'i darllenwyr yn henffasiwn. Mae lle i ddadlau bod Saunders Lewis wedi ysgrifennu fel hyn o fwriad, er mwyn rhoi awyrgylch arbennig i'r nofel. Mae Monica yn byw mewn byd henffasiwn, trymaidd, clostroffobig, ac felly mae'r iaith yn gweddu i'r stori yn berffaith. Teimlir bod pawb yn rhwystredig ac yn cael trafferth i'w mynegi'u hunain yn rhwydd.

Ond edrychwch ar y darn hwn eto. Pam mae'r iaith yn henffasiwn? Meddyliwch am y termau 'mi oleuaf', 'tyrd yma i droi'r dail i mi'. A fyddai rhywun yn siarad fel hyn ar lafar?

Ymarfer:

Ysgrifennwch y darn a ddyfynnwyd o *Monica* mewn Cymraeg modern.

Arddull Delynegol

Mae arddull y nofel *Titrwm* gan Angharad Tomos yn hollol wahanol, a bydd y gwahaniaeth yn eich taro yn syth. Ac eto nid iaith bob dydd sydd yma, ond rhywbeth tebyg i farddoniaeth. Mam yn siarad â'r baban yn ei chroth sydd yn y dyfyniad hwn:

> Mi gei di arogli bara a blasu llaeth. Mi gei di lenwi dy ffroenau ag arogl lledr, arogl rhos, mecryll yn ffrio ac oren yn tasgu. Mi gaiff dy dafod chwarae â melyster mefus a mêl. Mi gaiff doddi menyn a sipian medd. Mi gaiff gusanu a chwibanu a mynegi eithafrwydd llawenydd. Mae 'na aroglau cudd, rhai melys, rhai chwerw; rhai newydd, rhai hen, a rhai fydd yn chwarae mig â'th synhwyrau.

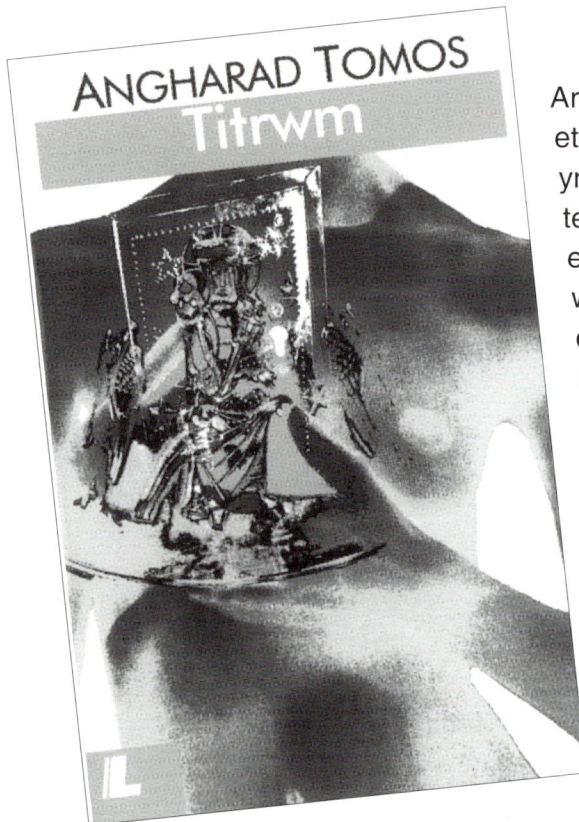

Arddull delynegol sydd yma. Unwaith eto mae'r llenor yn ysgrifennu fel hyn yn fwriadol, y tro hwn er mwyn cyfleu teimladau'r fam tuag at y plentyn cyn ei enedigaeth. Mae Angharad Tomos wedi llwyddo i gadw'r arddull swynol dan reolaeth ond perygl arddull delynegol yw iddi fynd yn rhy flodeuog a sentimental, yr hyn a elwir yn 'rhyddiaith borffor'.

134

Arddull Smala

Comedi yw nofel Marcel Williams, *Diawl y Wenallt*. Dyma'i dechrau:

Yr awr fawr wedi cyrraedd, moment y dadorchuddio, a Gwendolyn Meyrick, A.S. â'i llaw ar y tasel ac yn barod i roi plwc i'r cortyn; ond teimlai ym mêr ei hesgyrn fod 'na ddrygioni ar y gweill. Roedd gwên yr haul yn ddireidus, ac awgrym o bechod yn chwiban yr adar, a'r awel ysgafn yn gogleisio brigau'r coed yn rhy gariadus; winciai'r magnolia ar y pansi, a'r gwenyn yn rhuthro'n anfoesol o'r naill flodyn i'r llall; osgo'r rhosynnau o amgylch y lawnt braidd yn ddigywilydd, a phersawr pryfoclyd yn yr awyr.

Eisteddai pentrefwyr Cwmsylen, oll yn eu gwisgoedd haf, mewn hanner dwsin o rengoedd o flaen llwyfan isel a osodwyd islaw'r plac cuddiedig, a'u hwynebau yn anghyffredin o ddisgwylgar. Tybiai Gwendolyn fod hyd yn oed y gwartheg a sbiai arni dros y berth gerllaw yn rhan o gynllwyn cymunedol.

Un plwc siarp, a dyna'r llen bach melfed yn syrthio i ffwrdd.

Er mai nofel ddoniol yw hon nid oes llawer o jôcs ynddi fel y cyfryw; yn yr arddull smala mae'r hiwmor. Meddyliwch am yr ymadroddion: 'awgrym o bechod yn chwiban yr adar', 'y gwartheg a sbiai arni dros berth gerllaw yn rhan o ryw gynllwyn cymunedol'. Mae rhywbeth doniol hyd yn oed mewn ymadrodd fel 'Un plwc siarp' — ddim yn ddoniol iawn, hwyrach, ond nid nofel sy'n peri ichi chwerthin yn uchel mo hon, ond un sy'n gwneud i chi wenu yn fewnol.

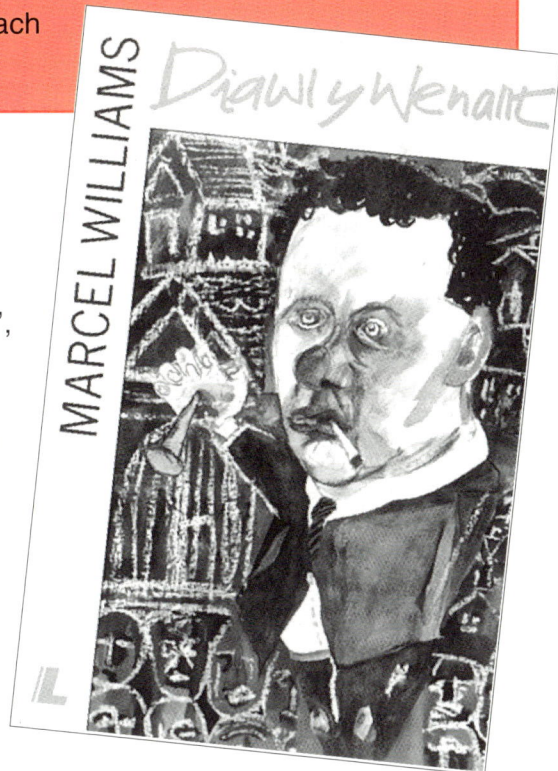

MARCEL WILLIAMS

Diawl y Wenallt

Arddull Uniongyrchol

Yn *Brychan Dir* gan Nansi Selwood mae'r arddull yn fwy uniongyrchol, nid oes dim hiwmor yn cuddio yma, dim telynegrwydd chwaith, oherwydd mae'r awdures yn dweud stori mewn ffordd ffeithiol a chlir. Dyma ddarn ohoni er mwyn rhoi blas ar yr arddull i chi:

1642

Ni ddaeth ymateb oddi wrth un o'r gwŷr a eisteddai o gwmpas y ford hir yn neuadd Bodwigiad. Edrychodd Richard Games arnyn nhw'n ddiamynedd. Roedd newydd egluro wrthyn nhw ei fod ef fel un o Gomisiynwyr Arae Brycheiniog, yn gyfrifol am gasglu dynion ar gyfer byddin y Brenin ac am gasglu arian a nwyddau i gynnal y fyddin honno. Roedd wedi eu gwahodd nhw, wŷr bonheddig a ffermwyr cefnog Ystradfellte a'r Faenor yn ogystal â Phenderin, yma er mwyn iddyn nhw ddeall y cyfraniadau a ddisgwylid oddi wrthyn nhw ac oddi wrth eu tenantiaid.

Yma mae'r arddull yn bwrpasol ac i'r pwynt oherwydd trafod busnes a gwleidyddiaeth y mae'r stori yn y fan hon. Nid oes eisiau dim cwafrs yma. Mae'r cyfan yn cael ei gyflwyno fel hanes ffeithiol.

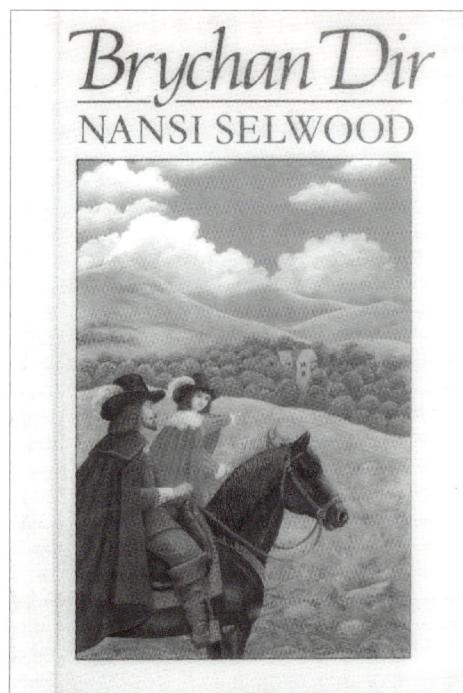

Brychan Dir
NANSI SELWOOD

136

Amrywio Arddull

Yn *Bingo!* mae Wil Roberts yn chwarae pob math o driciau ar y darllenydd, yn ei gamarwain yn fwriadol. Fel yr awgryma'r teitl, gêm yw'r nofel. Mae'r arddull yn newid yn aml: weithiau mae'n smala, weithiau mae'n ddifrifol, weithiau bydd pethau yn symud yn gyflym, bryd arall symudant yn ofnadwy o araf. Mae hyn yn profi nad oes rhaid i nofelydd lynu wrth un arddull drwy gydol y gwaith. Mae Wil Roberts yn defnyddio cryn dipyn o ddeialog hefyd, fel yn yr enghraifft hon:

Wil Roberts (neu William Owen Roberts)

'Dwyt ti ddim wedi madda iddi hi'n naddo?' holodd eilwaith gan suddo i'w gadair.

'Mm . . .'

'Yn naddo?' roedd yn pwyso arnaf, gallwn deimlo ei ormes geiriol ar fy ngwar. Roedd hynny o wisgi a gefais a'r gwres dychrynllyd yn yr ystafell wedi 'ngwneud yn benysgafn iawn. Chwythais wynt o'm bochau.

'Mygu wyt ti?'

'Braidd,' atebais gan sychu 'nhalcen.

'Ti'n gwybod be —?'

'Be —?'

'Ti'n gwybod be —?'

'Nac ydw — be?'

'Be?'

'Be?'

'Ti'n gwybod be,' roedd ei ên o fewn ychydig fodfeddi i'r ddesg.

'Be sy?'

'Ti'n gwybod be —?'

'Na?'

'Be?'

'Sori?'

'Be be be be be be.'

'Be?' meddwn.

'Be be be be be be — 'roedd ei ben yn gorwedd ar y ddesg ac roedd yn glafoeri ychydig.

A dechreuodd chwerthin. Chwarddodd hyd nes roedd ei wyneb yn biws. Chwarddodd hyd nes roedd dagrau yn ei lygaid. Chwarddodd hyd nes y bu bron iddo dagu ar jochaid o wisgi.

Iawn, dau ddyn meddw yn siarad nonsens sydd yn y darn hwn. Ond, mae *Bingo!* yn llawn adleisiau a darnau sydd yn cyfeirio at ddarnau eraill o lenyddiaeth. Ac yn y dyfyniad uchod lle mae un 'be?' yn dilyn y llall mae'r awdur yn parodïo tuedd a oedd yn nodweddiadol o waith John Gwilym Jones:

Peredur:	Be' fyddwch chi'n ddeud?
Jane:	Be' fydda' i'n ddeud, be?
Peredur:	Pryd byddwch chi wrthi?
Jane:	Yn y bore weithia' cyn mynd at 'y ngwaith . . .
Peredur:	Be' 'di'ch gwaith chi?

138

Jane:	Yn y banc yng Nghaersaint 'ma . . .
Peredur:	Pa fanc?
Jane:	Barcland.
Peredur:	Wel?
Jane:	Wel, be?
Peredur:	Be' fyddwch chi'n ddeud?
Jane:	'Be wisga' i heddiw . . . '

Yn sicr, dywedwn i fod Wil Roberts yn parodïo John Gwilym Jones yn rhan gyntaf y dyfyniad uchod o'r nofel *Bingo!* ac mae'r darn sy'n dod ar ôl y gyfres 'be?' yn barodi o un o ddarnau mwyaf adnabyddus *Un Nos Ola Leuad*:

A wedyn dyma fi'n dechra crio . . . crio run fath â thaflyd i fyny. Crio heb falio dim byd pwy oedd yn sbio arnaf fi.

Crio run fath â tasa'r byd ar ben. Gweiddi crio dros bob man heb falio dim byd pwy oedd yn gwrando.

Mae Wil Roberts wedi gor-wneud y 'be?' er mwyn parodïo ac wedi newid 'chwerthin' am y 'crio', ond mae wedi dal naws arddull John Gwilym Jones a Caradog Prichard o fewn ychydig linellau.

Ymarfer:
Darllenwch nofel.
Cymerwch unrhyw nofel y buoch yn ei darllen ac
ysgrifennwch ddarn o barodi o arddull y nofel honno.

Llinell Amser y Nofel Gymraeg

1764	*Theomemphus*, William Williams Pantycelyn
1830	*Y Bardd neu y Meudwy Cymreig*, William Ellis Jones, Cawrdaf
1870–2	*Llythyrau Anna Beynon*, Dewi Emlyn
1885	*Rhys Lewis*, Daniel Owen
1905	*O Gorlannau y Defaid*, Gwyneth Vaughan
1923	*Gŵr Pen y Bryn*, E Tegla Davies
1930	*Monica*, Saunders Lewis
1936	*Traed Mewn Cyffion*, Kate Roberts
1939	*Y Wisg Sidan*, Elena Puw Morgan
1943	*Orinda*, R T Jenkins
1943	*O Law i Law*, T Rowland Hughes
1953	*Cysgod y Cryman*, Islwyn Ffowc Elis
1961	*Un Nos Ola Leuad*, Caradog Prichard
1969	*Y Stafell Ddirgel*, Marion Eames
1976	*Dros Fryniau Bro Afallon*, Jane Edwards
1978	*Tician, Tician*, John Rowlands
1979	*Tri Diwrnod ac Angladd*, John Gwilym Jones
1984	*Cadno Rhos-y-Ffin*, Jane Edwards
1985	*Bingo!*, Wiliam Owen Roberts
1987	*Y Pla*, Wiliam Owen Roberts
1991	*Si Hei Lwli*, Angharad Tomos
1992	*Seren Wen ar Gefndir Gwyn*, Robin Llywelyn
1994	*O'r Harbwr Gwag i'r Cefnfor Gwyn*, Robin Llywelyn